时代推理

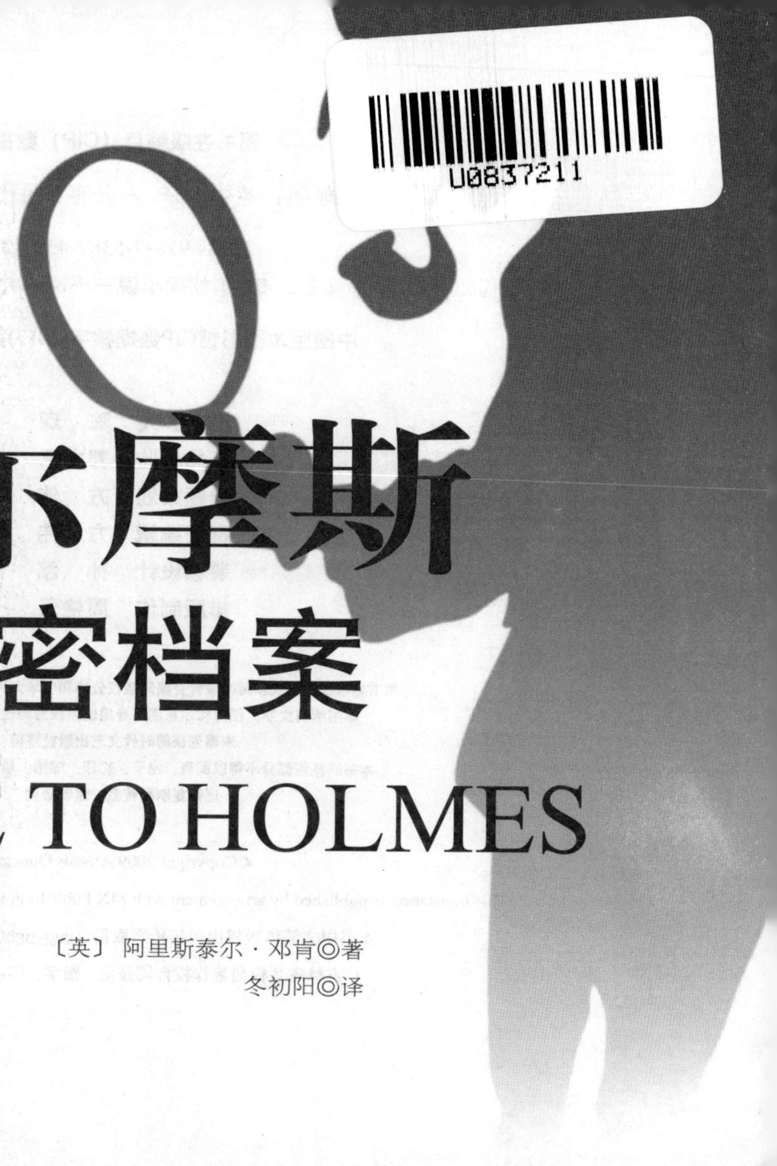

福尔摩斯秘密档案

CLOSE TO HOLMES

〔英〕阿里斯泰尔·邓肯◎著
冬初阳◎译

时代文艺出版社

图书在版编目（CIP）数据

福尔摩斯秘密档案 / (英) 邓肯 著；冬初阳 译. —长春：时代文艺出版社，2013.10（2018.1重印）

ISBN 978-7-5387-4391-3

Ⅰ.①福… Ⅱ.①邓… ②冬… Ⅲ.①侦探小说－小说研究－英国－现代 Ⅳ.①I561.074

中国版本图书馆CIP数据核字(2013)第242651号

出品人 陈 琛
产品总监 郭力家
选题策划 方 伟
责任编辑 方 伟 乔迎迎
装帧设计 孙 俪
排版制作 周艳云

福尔摩斯秘密档案

〔英〕阿里斯泰尔·邓肯 著 冬初阳 译

出版发行 / 时代文艺出版社
地址 / 长春市泰来街1825号 时代文艺出版社 邮编 / 130011
总编办 / 0431-86012927 发行部 / 0431-86012957 北京开发部 / 010-63108163
官方微博 / weibo.com / tlapress 天猫旗舰店 / sdwycbsgf.tmall.com
印刷 / 三河市京兰印务有限公司
开本 / 710mm × 1000mm 1 / 16 字数 / 168千字 印张 / 13.5
版次 / 2014年1月第1版 印次 / 2018年1月第2次印刷 定价 / 39.80元

图书如有印装错误 请寄回印厂调换

鸣 谢

我非常高兴向下列人士正式鸣谢：

史蒂夫·波尔，凯瑟琳·库克（夏洛克·福尔摩斯收藏协会，马里波恩图书馆，威斯敏斯特图书馆），菲尔·康奈尔（澳大利亚福尔摩斯爱好者组织副会长），克丽丝汀·康纳（克罗伊登地方研究图书馆），约翰·希克曼，罗杰·约翰逊（伦敦夏洛克·福尔摩斯协会），布莱恩·普尤和保罗·斯皮林（《伯特兰姆·弗莱彻·罗宾逊——<巴斯克维尔的猎犬>补注》的两位作者），封面设计者斯汤奇和插图作者菲尔·康奈尔。

我已为甄别素材是否仍受版权保护，以及为获得素材的使用许可权做了努力。如果我还忽视了任何有关项目，版权持有者可与出版商联系，以便本书在后续的版本进行修正。

阿里斯泰尔·邓肯

英文版编者序

在伦敦众多关于夏洛克·福尔摩斯的指南读物当中，我向游客们推荐两本：阿瑟·亚历山大的《为踪迹兴奋》和托马斯·威勒的《发现夏洛克的伦敦》。现在，多谢阿里斯泰尔·邓肯，我将必须再加上第三本。

这三本书的侧重点各异，可以互为补充。亚历山大先生提供了三十五个徒步旅行方案，在东起白教堂，西至肯辛顿的一片区域以内，而且都与福尔摩斯的趣事和描述有关。威勒先生则将每个故事中的地点分头叙述，给游客指出去每一个地点的最近的地铁站的方位，并且简洁地叙述必要的细节。

邓肯先生则像本书的副标题那样，提供了一个不同的途径了解福尔摩斯。我认为最重要的是，本书在同类作品中首次对与阿瑟·柯南·道尔有关的场所给予同等重视。还有，我们可能会疑惑，为什么那么多案件都把福尔摩斯引到泰晤士河南部，而阿里斯泰尔·邓肯弄清楚了这一切：这是他的创造者对伦敦最了解的部分。

阅读《福尔摩斯秘密档案》会让我们觉得正和一位知识渊博、热情而诙谐的朋友同行。他引导我们走过大部分福尔摩斯到过的地方，但不是全部。他不会跟随艾琳·艾德勒去圣约翰伍德，也不会跟着查尔斯·奥古斯都·米尔沃顿去汉普斯泰德，如果真这样做的话，会让我们远离柯南·道尔。另一方面，关于“修道院公学”这样一个远离首都的案发地，他提出了一个有趣的看法，认为“马克莱顿”（书中虚构的地名）位置应在皮克地区，据我所知，这种说法还是首创。

任何情况下，我都不可能对一本像大美人莫德·菲利玉照般惊艳的书无动于衷。（有兴趣了吗？那就看书吧……）

罗杰·约翰逊

《夏洛克·福尔摩斯杂志》编辑

英文版编者序

自　序

夏洛克·福尔摩斯系列故事的伟大成就之一，从一定程度上来说，是使他仍然在世界上活动。来到伦敦时，这一点就更为真切，因为福尔摩斯时代的大量街道和建筑物依然存在。有些地方发生了明显变化，另一些则没有，但现在仍然可以在这些街道上漫步，而且能够想象一下19世纪末在这些街道上散步的景象。

创作这本书的想法大约产生于我在写作第一本书《排除不可能》时。我试图让那本书包含一个关于和原著故事相关的伦敦各地区的章节，但很快就发现这样一种构想应当独立成书，于是就将它剥离原来那本书，最后成了现在这本书。

我很快发现，这样一本书似乎不应局限于那些只与福尔摩斯有关的地方，还应该将范围延伸到他的创造者阿瑟·柯南·道尔爵士身上。于是我们在着眼每个地方时，将不会局限于它本身的历史，而是会看到它与福尔摩斯和柯南·道尔之间的联系，同时我们还会看到，在某些案件里，这些地方理论上与福尔摩斯的故事之间的关系。

我们不可能指望这样一个选题的涵盖面能够无所不包，我选择的地点对某些读者来说也可能有些奇怪。书中会包括许多常规的地点，因为省略掉它们是荒谬的（例如贝克街）。同样也会有些出乎意料的地点，而我希望你们能领会它们为何会被本书收入，然后获得一些新的认识。

我非常希望这本书能说明柯南·道尔和福尔摩斯的伦敦哪些地方已经发生改变，哪些地方没有发生改变，而且也能帮助你游览这些地方。

阿里斯泰尔·邓肯，伦敦

2009年

目 录

贝克街

按理说，贝克街是夏洛克·福尔摩斯迷的终极目的地。就像狂热的福尔摩斯迷所了解的那样，在福尔摩斯的时代，贝克街221号B并不存在，而夏洛克·福尔摩斯纪念馆所在的街道实际上被称为“上贝克街”。有趣的是，在柯南·道尔《血字的研究》原始手稿中，他称福尔摩斯和华生住在“上贝克街”，但在出版前将地址改成了标准的“贝克街”。这很自然地引发了许多关于柯南·道尔心中这座房屋真正的位置在哪里的思考。

原稿中关于上贝克街的原始叙述，给柯南·道尔心目中的地址就是目前的纪念馆馆址这种推测，增添了不少把握。现在这座房子呈现的时代特征和内外布局都比较符合（但并不完全符合）柯南·道尔在整个故事中的描述。纪念馆管理层相信他们获得了真正的“221号B”，很大程度上是基于这些共同点。

然而，随着对福尔摩斯研究的多方面展开，出现了许多关于221号B位置

贝克街221号B的夏洛克·福尔摩斯纪念馆（摄于2007年）

阿比屋墙上的牌匾——1985年10月7日，由杰里米·布雷特（曾以扮演福尔摩斯而闻名的已故英国演员，福尔摩斯迷普遍认为他扮演的福尔摩斯形象最符合原著）揭牌。

的不同看法，有些书籍详细论述了正确位置应该是在30号一带[①]。这些说法往往基于原著小说某些篇章对周围街道的描述[②]。所有这些论述产生的问题是，他们注定会受阻于一点，那就是从柯南·道尔提供的相关细节无法知道确切地址。这个地址是他虚构的，整条街上的所有地方都有可能是，因为书中的221号B是几个地址的融合体。这就是为什么人们会觉得地址可能会是这么多不同地方的最简单的解释。

20世纪30年代，上贝克街被并入主贝克街，这条街的门牌号都重新编排。结果221号门牌派给1932年建成的一座“阿比屋”。这栋房子在2002年以前一直是阿比国民银行的产业，是一座巨大的装饰风艺术风格的建筑物，涵盖了215号到229号的所有门牌号。外墙上的一块纪念牌匾表明它与那位大侦探的联系（尽管微弱）。门牌号重编后，这家银行开始接收寄给夏洛克·福尔摩

① 相关详情请见詹姆斯·爱德华·霍洛伊德著《通往贝克街之路》。
② 原著中的《空屋》一篇中的相关描述就是多种地址说法的来源。

1951年夏洛克·福尔摩斯会展目录（夏洛克·福尔摩斯收藏协会，马里波恩图书馆，威斯敏斯特图书馆许可重制）

斯的信件，信件多到让银行专门委任一名员工全职负责回信。已故的理查德·兰瑟林·格林还编撰了一部这些信件的作品集，由企鹅出版社出版了平装版[①]。

1951年5月至9月，阿比屋成为夏洛克·福尔摩斯会展的举办地。这次会展是当年“大英博览会”活动的一部分。

一张夏洛克·福尔摩斯会展的成人入场券（夏洛克·福尔摩斯收藏协会，马里波恩图书馆，威斯敏斯特图书馆许可重制）

展品超过二百项，每一项都在会展目录中登记。所有展出的照片、绘画、书籍和信件都很精致，许多展品由柯南·道尔家族成员提供。最珍贵的展品之一是柯南·道尔用于书写多篇福尔摩斯作品手稿的书桌。这张书桌是迈克尔·威特用以重现221号B客厅的重要展品之一。另一件重要的展品是一件睡袍，它的主人是已故的著名福尔摩斯插图画家希德尼·帕吉特，由维尼弗雷德·帕吉特提供。

221号B的重现品无疑是展会的中心环节。展会闭幕后，这一展品被威特布莱德购得。自从他拥有这一珍品，就将它在夏洛克·福尔摩斯酒吧（见下文）展出。在1990年夏洛克·福尔摩斯纪念馆开馆之前，这是221号B在伦敦仅有的重现品。

纪念馆乐于获得英国最成功的私人博物馆之一的荣誉。几乎每天都有人来参观（纪念馆仅在圣诞节这天闭馆），你会发现这里到处都是坐在福尔摩斯的椅子上拍照留念的好奇游客，而他们一般都戴着猎鹿帽。然而你遇到的这些访客大部分可能都会被视为福尔摩斯的一般爱好者，而不是资深福尔摩斯迷。原因在于实际上这家纪念馆开馆营业前后，一直存在大量争议。作者柯南·道尔的女儿黛米·珍·柯南·道尔一开始就反对设立纪念馆。她极力反对那些鼓励

① 企鹅出版社出版的书名为《给夏洛克·福尔摩斯的信》。

人们相信他父亲创造的这个著名人物果有其人的想法，而且认为纪念馆的出现显然违背她的意愿。[①]

纪念馆另一桩引起争议，尤其在各个福尔摩斯爱好者团体间引发议论的是外墙上出现的用来声明这座建筑物与大侦探联系的蓝色纪念牌匾。乍一看这块匾与英国历史建筑纪念委员会颁发的蓝匾很像，但实际上是两种牌匾，而且设计上也有微小的差异。这块匾在纪念馆开馆的同一年推出，事实上只能代表纪念馆本身。

1994年，纪念馆和阿比屋为221号B的地址发生了纠纷。纪念馆希望能正式得到重编的“221号B”门牌，而且想得到收取寄给福尔摩斯的信件的权利。结果他们在这场争端中失利，不得不另辟蹊径。他们注册了一家名为“221号B”的公司，使他们即使没有任何官方正式许可，也能在门前以这个数字做标识。此举没有得到威斯敏斯特市议会认可，但门前的“221号B”就这样保留到了今天。自从阿比国民银行离开阿比屋以后，所有寄往“221号B”这个地址的信件都被送进了纪念馆。

纪念馆的底层可以免费入场，在里面还专门出售福尔摩斯和维多利亚时代的各种纪念品。而那里还会出售大量普通的物品。更重要的是，底层的店里还出售进入纪念馆主馆的门票。与商店相邻的门通往能爬上客厅的台阶。当你到达楼梯的顶端，沿着平台再走入客厅时，使你吃惊的第一件事是，这个客厅居然这么小。这种惊诧是因为大部分电影都失真地将贝克街221号B描绘成一个富丽堂皇的所在，而且大多数人也希望看到这样富丽堂皇的地方。

纪念馆房间的外观和布局大致准确，对创造适合的氛围也做得很好。应该说只有专注的爱好者会发现明显错误，而在伦敦，这座纪念馆仍是唯一能让你体验就像生活在福尔摩斯的世界的地方。

除了阿比屋和纪念馆外，附近还有其他“福尔摩斯”式的地方。1999年，

---

① 出自吉恩·厄普顿的文章《221号注意事项》。

阿比国民银行赞助制作了一尊夏洛克·福尔摩斯的青铜雕像，就竖立在马里波恩路上的贝克街地铁站外。1991年以前，在地铁站入口里面还有一座“莫里亚蒂酒吧”，但在伦敦运输局出台禁止在它的任何营业场所出售酒精饮料的禁令后，被迫关闭。[①]

贝克街地铁站外的夏洛克·福尔摩斯雕像

对贝克街最后的叙述必须留给在营业14年后，于2006年关门歇业的夏洛克·福尔摩斯纪念品公司。它出售从钥匙圈到稀有版本小说在内的各种和福尔摩斯相关的产品，经营的是一桩十分吸引人的生意。它还主办过已故的杰里米·布雷特主演的格拉纳达版《福尔摩斯系列》电视剧的道具展。这家纪念品公司在贝克街选择的位置，据它自己声称是《空屋》一文中塞巴斯蒂安·莫兰上校瞄准福尔摩斯开过一枪的地方。也许这就是这座房子在空置之后，租金还不止一次上涨的缘故。

---

① 出自迈克尔·波因特的《夏洛克·福尔摩斯画史》。

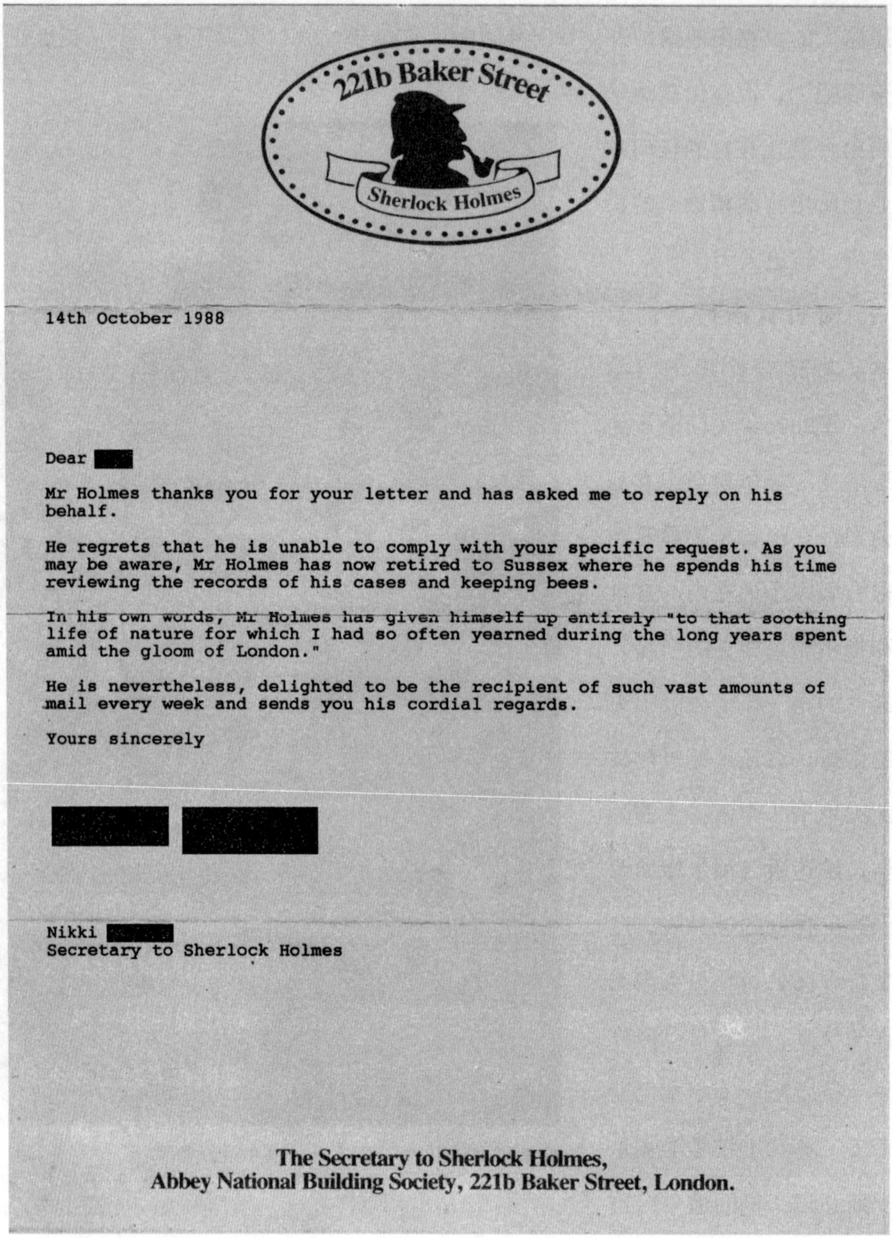

221b Baker Street

Sherlock Holmes

14th October 1988

Dear [redacted]

Mr Holmes thanks you for your letter and has asked me to reply on his behalf.

He regrets that he is unable to comply with your specific request. As you may be aware, Mr Holmes has now retired to Sussex where he spends his time reviewing the records of his cases and keeping bees.

In his own words, Mr Holmes has given himself up entirely "to that soothing life of nature for which I had so often yearned during the long years spent amid the gloom of London."

He is nevertheless, delighted to be the recipient of such vast amounts of mail every week and sends you his cordial regards.

Yours sincerely

[redacted]

Nikki [redacted]
Secretary to Sherlock Holmes

The Secretary to Sherlock Holmes,
Abbey National Building Society, 221b Baker Street, London.

阿比国民银行回信示例——回复向福尔摩斯求助的一封信

1988年10月14日

亲爱的某某：

福尔摩斯先生感谢您的来信，并让我代为回信。

他很遗憾无法答应您的具体要求。如您所知，福尔摩斯先生现在已经退休，在萨塞克斯回顾他的案件记录以及养蜂。

按照福尔摩斯先生本人的话说，他已经将自己完全投入“在伦敦的雾霾中度过漫长岁月时，就一心向往的大自然的安逸生活。”

不过他仍然很高兴每周都会收到如此大量像您这样的信件，并且向您致以亲切的问候。

敬上某某

尼基·某某

夏洛克·福尔摩斯先生的秘书

上温波尔街到摄政街

上温波尔街和温波尔街与哈雷街平行，与那条著名的街道一样，它们都被医疗行业占据。哈利家族拥有剑桥郡的温波尔会所以后，就给这两条与哈利街比邻的街道如此命名。

温波尔街最早形成于1724年，从19世纪初开始，就像哈利街和安妮女王街（见下文）那样，得到医生们的青睐。而温波尔街很快成了专看眼科医生和牙医的街道。温波尔街1号是皇家医学会所在地，

威斯敏斯特市颁发的纪念牌匾近景（摄于2008年）牌匾正文内容：阿瑟·柯南·道尔爵士（1859—1930），1891年在这里工作和写作。

上温波尔街2号正门（摄于2008年）

这个组织1912年就已经搬到这个地方。而这条街的牙医由于英国牙科协会和通用牙医委员会的存在而加强了联系。

使柯南·道尔迷对这些街道感兴趣的是，上温波尔街2号是柯南·道尔度过几个月短暂眼科医生生涯的诊所。

柯南·道尔住在离这里相对较近的蒙塔古广场街（见下文）。他从1891年3月起就住在那里，每天步行去他在上温波尔街的诊所上班。

柯南·道尔的眼科医生经历是不幸的，在他租下诊所开业的那段时间，没有一个患者踏进大门口，从医疗角度来看真是一场灾难。但另一方面，从文学角度来看，这简直是天佑。没有患者上门让他有时间致力于早期的写作。

在上温波尔街只待了很短一段时间后，柯南·道尔就将《波西米亚丑闻》的手稿交给他的代理人。他在1891年4月3日的日记中写到，他已提交了手稿，在结尾签了名，而且使用了上温波尔街2号的地址[①]。

他的日记和其他信件澄清了后来关于他究竟在哪里从事眼科医生职业的一些疑惑。造成这种疑惑的不是其他因素，完全是柯南·道尔本人。

1892年8月，在从蒙塔古广场街搬到南诺伍德以后（见下文），柯南·道尔接受了杂志的采访，访谈中他说有段时间他对眼科医疗产生了极大兴趣，以及他是怎样来到上温波尔街开设诊所的。然而他在写自传时，对这些事情的记忆又发生了改变。他称他在上温波尔街上面的那条德文郡广场街2号买了房子。

他在自传中的这些文字不可避免地被后来的研究者和大多数传记采信，这一讹传被多次重复。比重复讹传不幸的是更多的人开始接受和相信这种讹传。1950年6月，理查德·兰斯林·格林在小册子的相关内容中首次建议给德文郡广场2号一块牌匾，来纪念柯南·道尔在那里行医和写作福尔摩斯侦探小说的岁月。

这些提议都被拒绝，因为柯南·道尔实际上并没有在那里生活或工作过。

---

① 出自理查德·兰斯林·格林的《温波尔街的柯南·道尔》小册子。

从哈利街看到的安妮女王街一角（西街口，摄于2008年）

以后多年，还有人提出了更多这类建议，但一连十多年都没能成功。然而其他地方却成功了。1973年，柯南·道尔在南诺伍德泰尼森路12号的故居获得一块蓝色纪念牌匾[①]（见下文）。

后来还有一些授予德文郡广场2号纪念牌匾的建议，但在1980年7月7日，柯南·道尔逝世50周年纪念日时终于停歇了，一直空缺的这块牌匾被优先授予《每日电讯报》。9年后，阿瑟·柯南·道尔协会成立，又过4年后，协会决定为安放长期等待的牌匾提供赞助。就在核查资料时，有关上温波尔街的地址才是正确地址的信息得到证实。1994年，牌匾终于在正确的地点安放。

安妮女王街由温波尔街与哈利街相连，也是一条众多医疗机构进驻的街道。在《显贵的主顾》中，华生医生称1902年他曾在这里居住。

在福尔摩斯迷当中争议最多的话题之一就是华生为什么从贝克街搬到这里来。两种盛行的说法是华生再次结婚，或者他为偿还自己的赌债被迫回来重操旧业[②]。

① 出自英国历史建筑与纪念委员会。
② 出自D·马丁·达金的《夏洛克·福尔摩斯评述》。

后一种观点的主要论据来源于《肖斯科姆别墅》，华生提到他花了一半的因伤抚恤金去赌马，而在《跳舞的小人》一文中，福尔摩斯又提到华生的支票本被锁在他的抽屉里。在本书作者看来，结婚的说法更合理。因为在《显贵的主顾》出版两年后写成的《皮肤变白的军人》中提到过华生的婚事。

从安妮女王街步行几分钟，就能达到兰厄姆酒店（又译作“朗廷酒店”），这里有四件能直接引起夏洛克·福尔摩斯或柯南·道尔迷兴趣的事情。1889年8月30日，柯南·道尔应《利平科特月刊》编辑J. M. 斯托达特之

上温波尔街广角照片。右侧第二个门为2号（摄于2008年）

邀，在这里参加了一个晚宴。这次晚宴的其他客人中最重要的就是奥斯卡·王尔德。柯南·道尔自认为那是一个“金色的傍晚”。晚餐结束后，他得到斯托达特的约稿，最终写成他第二篇夏洛克·福尔摩斯小说《四签名》（1890年完成）。王尔德也得到一份稿约，后来写成了他唯一的一部小说《道林·格雷的画像》，和柯南·道尔的《四签名》在同一年发表。

这个夜晚的记忆一直留在柯南·道尔的脑海里，当他在写作《四签名》的开头部分时，就将福尔摩斯的主顾玛丽·摩斯坦的父亲——摩斯坦上尉，写成在故事发生十年前，在兰厄姆酒店住过。最后两件与酒店相关的事情在《波西米亚丑闻》和《失踪的弗兰西丝·卡法克斯女士》两篇小说中可以找到。在前一篇中，波西米亚国王用假名在兰厄姆登记居住，而在后一篇中，尊敬的菲利普·格林在伦敦也住这家酒店。

1865年，当时的威尔士亲王（即后来的英王爱德华七世）开办了这家旅馆，开业前建造了2年多时间。建造这座旅馆花费了30万英镑，当时，它是最现代化的旅馆。而他声名显赫的另一个原因是，它是英国第一家拥有液压升降机的旅馆。此外，它还是最早在走廊使用电力照明的旅馆之一，早在1879年它就已经在运用这项技术了。1870年，一个名叫詹姆斯·桑德森的美国人被任命为总经理。在他的管理下，旅馆开始吸引大量的美国顾客。在美国顾客中，最著名的是作家马克·吐温。因此斯托达特在这家旅馆招待柯南·道尔和王尔德共进晚餐也没什么可大惊小怪的。

这座旅馆同样也吸引了其他国家的名人。除了柯南·道尔和王尔德之外，它还吸引过拿破仑三世来访（他从法国下野流亡以后，在这家旅馆度过了大多数时间[①]），而后来还有诺埃尔·科沃德。

柯南·道尔反复用到兰厄姆酒店引发了一个有趣的问题，那就是他为什么这样热衷于使用这家酒店的名称，而使用其他酒店或旅馆的名称时却要做模糊

① 出自兰厄姆酒店网站。

处理呢？譬如在《蓝宝石案》、《单身贵族》和《巴斯克维尔家的猎犬》这些故事中，他也提到过酒店或旅馆，但总是避免直接使用酒店或旅馆的名称，或者就直接杜撰一个。我们将重新审视这个问题，在对诺森伯兰大街的那些酒店进行考察后，将给出一些合理的解释。

第二次世界大战期间，兰厄姆尽管还被BBC（英国广播公司）的工作人员和客户使用，但由于遭受轰炸的破坏，不得不对公众关闭。1965年，BBC买下了整个兰厄姆，后来它的一些广播节目就是在这座建筑物里播放的。

然而BBC没有一直保留兰厄姆的所有权。1986年，这家酒店被再次出售，经英国历史建筑与纪念委员会许可，一项旨在让酒店重新营业的庞大翻新工程

兰厄姆酒店（摄于2008年）

开始了。1991年，大约耗资1亿英镑的工程结束，酒店重新开张。这家酒店很快就恢复了它过去对王室成员、富人和知名人士的吸引力，现在它已经成为兰厄姆国际酒店集团的旗舰店。

1880年的兰厄姆酒店木版画

摄政街到蓓尔美尔街

1880年的摄政街

摄政街是伦敦最著名的零售商业街之一。街道得名于当时的摄政王（后来的英王乔治四世），由约翰·纳什（1752—1835）规划设计。街道起于兰厄姆广场正南，兰厄姆酒店和诸圣堂（后者是一座大教堂，两者都由纳什设计），穿过牛津街，然后一直向南延伸到皮卡迪利街，在那里穿过皮卡迪利圆广场，到与蓓尔美尔街连接的路段为止。

夏洛克·福尔摩斯迷都知道在亨利·巴斯克维尔爵士和莫蒂默医生去贝克街拜访福尔摩斯之后，福尔摩斯和华生就是沿着摄政街跟踪他们的出租马车回到诺森伯兰酒店的。这个场景是希德尼·帕吉特制作的插图之一，而插图本身也有很有趣的故事。据詹姆斯·爱德华·霍洛伊德的《通往贝克街之路》所说，在英语版的小说当中，这幅插图经常会印反。

有很多例子可以证明，霍洛伊德所说的情况确实存在。如果你注意过任何英

在《巴斯克维尔的猎犬》一书中，当福尔摩斯和华生跟随搭载斯台普顿的马车沿摄政街下行时，被发现了——这幅插图方向是正确的。

文版的插图就能清楚地看到，华生的礼服是从右向左扣的，而实际上应当是反过来扣的。霍洛伊德对这个问题的解释是，在印刷时，图像都规定要在偶数页出现，而按照惯例，显眼的内容应当朝里面向书脊。如果不管图画印反的问题，那么更令人好奇的是人们注意到福尔摩斯和华生位于马车前方，这意味着他们在被人跟踪。这样画无疑是为了确保他们在插图中处于显眼位置。

然而这并非摄政街和其他一些相邻街道和大侦探仅有的联系。在牛津圆广场正南与摄政街相连的是管道街。这条马路并不起眼，但在福尔摩斯迷看来，由于福尔摩斯认定伦敦第二号危险人物塞巴斯蒂安·莫兰上校的家就在这条街上而使得它熠熠生辉。①

沿着摄政街稍往下行方向走，我们会找到皇家咖啡馆的旧址。这家餐厅在营业150年后，不幸于2008年12月倒闭。这里由于19世纪末王尔德和另一位著名的赞助者的缘故，而深受文学爱好者喜爱②。对福尔摩斯迷来说，联系在于《显贵的主顾》一案中，福尔摩斯在咖啡馆外遭到格伦纳男爵雇佣的暴徒袭击。暴徒们得逞后，经过咖啡馆逃进后面的格拉斯豪斯街。

---

① 出自《空屋》。

② 据BBC报道，皇家咖啡馆是奥斯卡·王尔德和昆斯贝里侯爵（王尔德的主要赞助者和同性情人阿尔弗雷德·道格拉斯勋爵的父亲）在后者指控王尔德是同性恋之前，进行唯一会面的场所。后来王尔德决定起诉侯爵诽谤，结果导致他自己被审判和定罪。

摄政街（摄于2008年）

小说中莫兰上校家的所在地管道街（摄于2008）

歇业前几个月的皇家咖啡馆（摄于2008年）

格拉斯豪斯街——《显贵的主顾》中，福尔摩斯的袭击者们逃入这条马路。

克利特里昂剧院入口（摄于2008年）

再沿摄政街往下走几分钟，带你进入皮卡迪利圆广场，我们会发现一个夏洛克·福尔摩斯故事中的关键地点——克利特里昂（也译作克莱梯利安）。

克利特里昂剧院和餐厅都建在一家叫“白熊”的驿站[①]旧址上。那本是一家颇受好评的驿站，在18世纪得到蓬勃发展，但随着驿站时代的变迁，1870年终于被拆除[②]。于是他立即成立了自己的建筑事务所，这家事务所今天仍在以“维利蒂和贝弗利”事务所的名义营业。

新建筑在1871年开始动工，两年后建成。1873年11月餐厅和酒吧开业，1874年3月剧院也随之开业。同年3月21日，剧院开业首演的剧目是《美国淑女》。根据《纽约时报》报道，演出时发生了一些事故。该剧入场券被早早订空，以至于演出开始时入场区拥挤到令观众恼火的地步，而帷幕在首次升起

① 旧时可换驿马的旅馆。

② 出自克利特里昂剧院网站。这片场地的租用权被酒商“斯皮尔斯和邦德”获得。他们组织了一次投标，寻找一位建筑师设计一家餐厅和酒馆。当时共有十五人投标，但合同最终被授予托马斯·维利蒂（1837—1891）。

1902年的皮卡迪利圆广场——克利特里昂在广场右边，但不在画面里。

后，还没有演员说上一句台词就很快落下。秩序最终得到恢复，而女主角在演出结束后得到一大束鲜花。

克利特里昂酒吧是华生踏出会见夏洛克·福尔摩斯第一步的地方。根据《血字的研究》描述，华生在这里偶遇他过去在圣巴托洛缪医院的前手术助手（或下级医生）斯坦福德。两人在霍尔伯恩餐厅一起吃午饭时，谈起了福尔摩斯（见下文），随后两人同去医院和他见面。再然后就像他们说的那样，是一次历史性的会面。

根据1887年12月发表的《血字的研究》提供的几项信息，这次会面应该发生在1881年[1]。克利特里昂门外的著名雕像时常被称为“基督博爱天使”，但更为人熟知的名字是“爱神埃罗斯”，直到1893年才竖立起来。

---

① D·马丁·达金的《夏洛克·福尔摩斯评述》和莱斯利·克林格的《夏洛克·福尔摩斯新解》都认同这一年份。

克利特里昂餐厅入口（摄于2008年）——剧院的入口在照片右边标识“利利怀特”字样的地方。请注意餐厅入口显示的开业年份为1874年，与克利特里昂官网不同。

蓓尔美尔街

1910年面朝特拉法加广场的蓓尔美尔街景——右边第二栋建筑物为改革俱乐部

图左边可见“改革俱乐部”，就在左下角货车的后面。（摄于2008年）

位于蓓尔美尔107号的雅典娜俱乐部（摄于2006年）

蓓尔美尔是你能在伦敦找到的历史上大量的贵族和政要们经常光顾的私人会所的聚集地。最著名的会所之一卡尔顿俱乐部①，可以被视为保守党的第二个大本营，始创于1832年，1835年搬迁到蓓尔美尔。以后卡尔顿俱乐部一直在那里活动，直到二次大战时期，这座建筑被一次空袭摧毁。

尽管卡尔顿俱乐部已经搬离，但大量其他俱乐部仍留在这一带。柯南·道尔本人是蓓尔美尔等三家会所的会员。第一家是他1892年6月加入的改革俱乐部②。第二家是1901年3月加入的“雅典娜”③。最后的第三家是始创于1897年的皇家汽车俱乐部，它于1911年3月才从皮卡迪利搬到蓓尔美尔开展活动。1903年，柯南·道尔在购买他的第一辆轿车后不久就成了这家俱

---

① 《显贵的主顾》中出场的詹姆斯·戴默雷爵士就是卡尔顿俱乐部的会员。

②③ 出自安德鲁·里塞特著《柯南·道尔——夏洛克·福尔摩斯的创造者》。

乐部的会员[①]。

1824年，一家规定其成员必须拥有科学、艺术和文学才华的俱乐部成立。这家出于特殊情趣特地成立的俱乐部就是雅典娜俱乐部。它当然不会漏掉柯南·道尔，在他被选为会员时，他尊崇的大文豪沃尔特·司各特爵士早已是这家俱乐部的会员。柯南·道尔同时期的著名会员包括温斯顿·丘吉尔、鲁德亚德·吉卜林和在柯南·道尔当选一年后逝世的塞西尔·罗兹。

至于说到和福尔摩斯的关系，迈克罗夫特·福尔摩斯参与创建的第欧根尼俱乐部也在蓓尔美尔，这是一切关联的基础。在《希腊译员》中，福尔摩斯首次向华生说起他哥哥，而且提到迈克罗夫特住在蓓尔美尔那家由他帮助创建的俱乐部对面。迈克罗夫特与蓓尔美尔的关系，在《布鲁斯—帕廷顿计划》和《最后一案》中都曾提及。然而这些还不是仅有的关联。在《孤身骑车人》的故事里，华生找到蓓尔美尔的一家租赁代理机构，试图获得关于查林顿庄园租客的信息。最后，在《格兰其庄园》中，福尔摩斯和华生为了获得克洛克船长的信息，拜访过蓓尔美尔街尾的阿德莱德——南安普敦航线的航运办公室。

尽管柯南·道尔本人从未这么说过，但很多人都认为第欧根尼俱乐部是一个以迈克罗夫特为首的英国保密机构的前站。这个推论很大程度上源于《布鲁斯—帕廷顿计划》，迈克罗夫特负责委托福尔摩斯介入案件时所说的“……这是政府最严格

《希腊译员》中提到，迈克罗夫特·福尔摩斯是第欧根尼俱乐部的联合创始人。

① 出自安德鲁·里塞特著《柯南·道尔——夏洛克·福尔摩斯的创造者》。

保守的秘密。”

然而如果你注意到福尔摩斯在同一个故事中对他哥哥的描述是“他只是个小职员，而且在任何方面都没有野心”时，就会觉得迈克罗夫特身居这样的显赫高位不太可能。

拉艾伯恩所作的沃尔特·司各特爵士（1771—1832）的蚀刻版画肖像。司各特是一位大文豪，也是雅典娜俱乐部的第一批会员。

诺森伯兰大街和它的酒店之谜

夏洛克·福尔摩斯系列的几则故事中提到过诺森伯兰大街和它的周围地区。在《显贵的主顾》中，我们知道福尔摩斯和华生经常光顾这条大街附近的一家土耳其浴室（靠近现在的夏洛克·福尔摩斯酒吧），而这条大街还会由于它的多家酒店和旅馆而屡被提及。

在《单身贵族》中曾提及诺森伯兰大街的一家酒店。在这则故事中，福尔摩斯通过使用一份账单（从雷斯垂德督察处获得）的不完整细节，而能够确定他的猎物——弗朗西斯·莫尔顿的踪迹。他告诉华生，这家酒店在诺森伯兰大街。

柯南·道尔隐藏酒店名称的决定，就像他非常乐于在之前一年发表的《波西米亚丑闻》（前文提过）和更早（1890年）发表的《四个签名》中点到兰厄姆酒店的名字一样有趣。1911年，他再度在《弗兰西丝·卡法克斯女士的失踪》中提到兰厄姆酒店，而在《布鲁斯—帕廷顿计划》（1908年）中提到了查林十字酒店。那为什么他就不愿指明诺森伯兰大街酒店的名称呢？

在《单身贵族》的案件中，答案可能已经很明白地在柯南·道尔明确提到的那家酒店的收费价格中提示了。在福尔摩斯向华生解释他怎样通过账单确定那家酒店就在那条大街上时，他补充道“伦敦收费那么高的酒店并不多”。他还引述了账单上8先令一个床位和8便士一杯雪利酒的价格①。众所周知，柯南·道尔不是总关心细节，很可能他写下的这些价格是基于对酒店业的简单了解，而没有为此在相关旅馆进行实地调查。因此他隐匿旅馆的名称，可能是为了避免被酒店管理层抓住他价格不准确的问题发难。

而通过仔细阅读故事的文字，能够推断出酒店的名称。福尔摩斯向华生说明他是如何审慎调查那些昂贵的酒店时说道：“在我访问的诺森伯兰大街的第二家酒店里，我查阅登记簿发现了一位美国绅士弗朗西斯·H·莫尔顿，在前一天刚离开……”

---

① 8先令一个床位在当时确实很昂贵。根据柯南·道尔喜爱的酒店之一兰厄姆酒店网站的信息，1904年他们一个房间才开始收9先令。这是《单身贵族》发表了12年之后的事情，而根据一些资料显示，也就是故事设定年份（1888年）以后16年的事。

于是，回到本章开头，我们已经知道引用的这家酒店肯定就在这条大街上。当时这条街上的三家豪华酒店是格兰德，梅特洛波尔和维多利亚。全部三家酒店都建于18世纪80年代，前两家是戈登酒店公司的产业（分别在1887年和1885年开业），而第三家的业主取了个惹人遐想的名称“诺森伯兰大街酒店公司”①（也在1887年开业②）。

根据酒店史学者的说法，这三家酒店都特别受美国游客欢迎。这种情况部分是因为他们中意这些酒店的奢华条件，而同时还因为在这里能随时去西区③查林十字街的主要火车站。这就是弗朗西斯·莫尔顿乐于在这里逗留的原因（因为他是富有的美国人）。此外，由于这里是美国人喜欢的地方，那么认定福尔摩斯查阅过这条街上的两家酒店就顺理成章了。这种假设没有过于跳跃，因为他已经怀疑他在搜寻一个美国人，而且知道他们喜欢这个地区的酒店。如果我们继续顺着这条线索思考，而且假定福尔摩斯在访查时，无论从南向北或者从北向南，在这条大街的任一方向步行到达的这些酒店中第二家，就是维多利亚酒店④。而维多利亚非常可能收费昂贵，因为它在建造时花费了52万英镑，是原先预算的两倍⑤。

维多利亚酒店在当时拥有许多现代化便利设施。它是当时首都第一批完全使用电力照明的旅馆之一，电力全部由自己的发电机提供，而且每层楼都有电梯。然而，尽管拥有这些现代化设施，这家酒店在其他方面却有令人吃惊的缺陷。旅馆尽管有五百个房间，但仅有四间浴室。如果住客希望在他们的房间里

---

① 出自国防部网站。

② 这些年份存在争议。哈罗德·P. 克伦所著的《伦敦的面貌》称格兰德1880年开业，而维多利亚在1890年开业。克伦还认为所有三家酒店都由戈登酒店公司建造。作者无法确定哪种说法正确，因此将两种说法全部列出。

③ 伦敦西区一般被简称为西区，这一地区拥有许多商业区，西区剧院和多种娱乐消费场所，是许多游客流连忘返之所。

④ 由于福尔摩斯是个行事讲究逻辑的人，在访查这些旅馆时很可能会按照顺序，而不是随机，因此这个假设是合理的。

⑤ 出自国防部网站。

1904年的一张维多利亚酒店插画

洗浴，保护隐私的话，便会得到一个便携式浅浴盆，每天早上服务人员会为他们加满仅仅几英寸深的水。

诺森伯兰大街的这些酒店当中，大街南端靠近堤岸的梅特洛波尔酒店，是柯南·道尔与珍·莱基举办婚宴的地方。婚礼在1907年9月18日举行[①]，而婚宴

---

① 9月19日出版的《泰晤士报》对婚礼进行了报道。文中提到的来宾当中有一位舒尔托·伍德先生和一位爱德华·马斯格雷夫博士。可能柯南·道尔在《四签名》中使用的舒尔托家族和《马斯格雷夫礼典》中使用的雷金纳德·马斯格雷夫的姓氏就是取自这两人的名字和姓氏。

1892年的维多利亚酒店广告（《伦敦新闻报》插图广告，同年《单身贵族》发表），广告内容显示晚餐价格为5先令，特供晚餐价格为6先令或7先令，还有更高价格的晚餐供应。

（就在旅馆的白厅举行）共有超过200名来宾出席，其中包括文豪J．M．巴里和布拉姆·斯托克[①]。3年后，1910年，当柯南·道尔的戏剧《谭波利的房子》和《斑点带子》先后在阿德尔菲剧院上演时，他再次在梅特洛波尔下榻。

毫无疑问，涉及诺森伯兰大街地区和它的酒店的最著名故事是《巴斯克维尔的猎犬》。书中曾提到亨利·巴斯克维尔爵士曾在诺森伯兰酒店居住，但取这个名字的酒店其实不存在。因此对于哪一家酒店才是柯南·道尔心目中设定的这家酒店也存在相当多的争议。我们从安德鲁·里塞特新近出版的柯南·道尔的传记中得知柯南·道尔曾经常在这一区的三座酒店下榻。这三座酒店就是莫雷、金十字和格兰

① 阿瑟·柯南·道尔协会（克罗伯勒）2008年诞生卷宗记录。

1900年的梅特洛波尔酒店

1900年代早期，印制梅特洛波尔酒店内景的明信片。这张明信片提供了一份柯南·道尔将来举办婚宴的环境插图。

梅特洛波尔酒店的建筑外观（摄于2008年）

德[1]。第一座莫雷酒店位于特拉法加广场，第二座金十字酒店在河滨街，而第三座格兰德酒店位于诺森伯兰大街最前面。根据《巴斯克维尔的猎犬》发表之前和之间的这段时间，从柯南·道尔多次在这几家酒店居住来看，推断其中之一是诺森伯兰酒店的原型是合理的。然而这些酒店绝不是仅有的候选。

另一处可能的候选地是诺森伯兰·阿姆斯驿馆[2]。这个地方的详情我们暂且不表，就像夏洛克·福尔摩斯酒吧一样到下文再讲。看上去这里不太可能是亨利爵士下榻的所在地。首先这个地方无疑太小，而从书中来看亨利爵士应当是在一家更大的酒店居住的。你可以争辩说亨利爵士的乡村背景可能会让他倾

---

① 根据J. 霍尔登·麦克米盖尔著的《查林十字街的故事》，格兰德酒店的建筑设计师是阿尔弗雷德·沃特豪斯先生，他同时也是南肯辛顿的自然历史博物馆的设计师。

② W. S. 巴林—戈尔德在他的《解读夏洛克·福尔摩斯》中这样认为。

早期的格兰德酒店（1887年开业）风貌

格兰德酒店大厦（摄于2008年）

金十字屋（摄于2008年）——在柯南·道尔时代，这里曾是金十字酒店的所在地。

向住在一家不那么昂贵的小旅馆，但是从关于他丢失的靴子的谈话中，可以推导出他下榻之处的规格。

熟悉这个故事的人会知道亨利爵士的靴子在他逗留伦敦期间丢失了两只（其实有一只后来找到了）。当第二只靴子丢失时，亨利爵士愤怒地和一个在酒店工作的德国籍侍者争吵了一番。侍者告诉他，他已经在“整个酒店”努力寻找那只丢失的靴子。对本书作者而言，这意味着侍者访查过许多人，而且这座酒店非常大。所以我们应该把那个不可能的候选驿站搁在一旁，继续将我们的视线投向柯南·道尔规律性地经常出没的地方。

关于诺森伯兰酒店位置的唯一线索，是斯台普顿曾用来在伦敦跟踪亨利爵士的那辆马车的车夫约翰·克莱顿提供的。在他和福尔摩斯会面时，克莱顿透露在特拉法加广场有人叫了他的车，然后到了那家酒店。从斯台普顿决定跟踪亨利爵士这一点可以联想到这意味着在他雇马车之前，从他在广场上的位置可以清楚地看到那家酒店和进出酒店的人。而要监视那个地方，等到亨利爵士离开酒店还不引人注意的时机可不那么容易。如果你认同这个观点，那么就在很大程度上排除了大门位于河滨街，而且只能从广场南边看到的金十字酒店[①]。

此外还有另一点能排除金十字酒店是诺森伯兰酒店原型的可能性。福尔摩斯揭示斯台普顿当时在克拉文街的梅克斯伯勒私人旅馆住宿[②]。沿着这条路向北会将你带到河滨街和几乎与金十字酒店位置相反的地方[③]。如果金十字酒店就是诺森伯兰酒店的话，对斯台普顿来说在查林十字车站外叫马车更加可行，因为比起很难观察到金十字酒店门口的特拉法加广场来，在火车站外监视要方便得多。而实际上他选择在特拉法加广场叫车，这说明诺森伯兰酒店应当更靠近那里。这就把我们又带回莫雷和格兰德酒店。

然而有人可能会认为即便我们成功地将金十字酒店排除在外，也无助于确定格兰德和莫雷之中哪一家才是最佳候选，即哪一家具备比其他酒店更显著的特征，能够与诺森伯兰酒店对应。遗憾的是，除非隐藏在众多文件字里行间的更多细节能够浮出水面，否则各个福尔摩斯爱好者团体很难在这个问题上达成共识。

柯南·道尔对这个问题模糊处理的原因，可能与《单身贵族》中的处理类似。在《巴斯克维尔的猎犬》中，这家旅馆的照明显然十分糟糕，以至于房客的东西很容易丢失。福尔摩斯在对此案进行总结时，表明他能肯定斯台普顿为

---

① 金十字酒店的大门在河滨街，而它还有一个后门正对邓肯农街。1897年3月1日的《泰晤士报》提到过这个情况，还有这座旅馆共有约70个卧室。

② 据J. 霍尔登·麦克米盖尔著的《查林十字街的故事》（1906年版），克拉文街有两座旅馆。克拉文旅馆位于44至46号，而麦克米盖尔还提到在27号有一家私人旅馆。同一个术语“私人”也用在了书中的梅克斯伯勒旅馆上，这个描述很有趣。而杰克·特雷西的《福尔摩斯百科全书》中，“私人”旅馆意味着不允许供应酒类饮料。

③ 金十字酒店1930年关闭，同年柯南·道尔逝世。当年9月22日的《泰晤士报》报道过它歇业和房子被拆除的新闻。

今日的克拉文街——斯台普顿寄宿的旅馆位置。从马路尽头可以看到现在的金十字大厦。（摄于2008年）

1900年代早期的特拉法加广场。越过图中的格兰德酒店，可以看到图左的莫雷酒店。

在莫雷酒店旧址建造的南非屋（摄于2005年）

了能得到亨利爵士的靴子，贿赂了一名酒店员工。亨利爵士将这家酒店形容为“贼窝”。你可以认为，柯南·道尔因为担心这可能会招致对方的法律行动，而对现实存在的某家旅馆进行了模糊处理。在那个时代，他毕竟是一个有相当知名度和影响力的人，毫无疑问，当人们读过他的这篇故事以后，会避免去住一个他们认为缺乏诚信员工的酒店。

让我们回顾早期的一家候选店，先前叫做诺森伯兰·阿姆斯驿馆，1957年以“夏洛克·福尔摩斯酒吧”的名义再度开业的那家小旅馆。[1]前文曾提及，在它再度开业以前6年，曾举办过“大英博览会”活动，而博览会期间的展品有一件221号B客厅的重现品。酒吧的所有者威特布莱德和这家企业买下这件展品，将它安置在2楼的餐厅区旁边。

① 据酒吧官网称。

酒吧管理层在他们的网站上宣称这座建筑物和福尔摩斯有关，这里就是福尔摩斯在《单身贵族》中查获弗朗西斯·莫尔顿的地方。然而他们持这种说法的理由却不得而知。根据我们已经提到过的内容，莫尔顿下榻的酒店是在诺森伯兰大街，然而这个酒吧是在诺森伯兰街。根据作者的观点，这是将这家酒吧从候选者中排除的有效证据。奇怪的是也没有人站出来重申他们成为诺森伯兰酒店候选店的理由。如果他们在这件事情上有信心的话，你会期待他们这么做，这一点很有趣。

221号B客厅的出现自然使这里成为游客游览的重要一站，无论他是不是夏洛克·福尔摩斯系列故事的资深爱好者。在这方面，底层的布局非常有意思。它基本上从中间一分为二。其中一半（上图到门口的右面部分）几乎没有使用

夏洛克·福尔摩斯酒吧（摄于2007年）

任何与福尔摩斯相关的物料。另一半正相反，陈设了大量纪念品，主要展品是巴斯克维尔家族的死敌——猎犬的头部。这种布局主要是为了让游客进入酒吧的与福尔摩斯相关部分，而将另半部分留给本地客人。

包含餐厅在内的二楼就没有这种人格分裂的景象。四面墙上都是福尔摩斯的相关纪念品，以至于你在上楼梯和去往能够看到重现的客厅的餐厅区时，就像在一系列坑洞里穿行一样。虽然通往展区的空间有限，但最终结果令人印象深刻。餐厅设定的价格完全不合理，顾客可以从各式菜肴中随意选择，其中大部分菜式都以福尔摩斯的一个案件命名。

河滨街

1894年《河滨》杂志的立体复印件

河滨街是一条与夏洛克·福尔摩斯和阿瑟·柯南·道尔存在很多联系的街道。使他们成名的那本杂志的名称的唯一合理来源就是这条街。这条街道起自特拉法加广场，然后一路向东，直到和舰队街（历史上的报纸和新闻之家）相连为止。街名来源于用于河岸或河堤的老式英语词汇（Strand）。

河滨街唯一的铁路终点站，查林十字火车站，1864年在两年前关闭的亨格福德市场旧址开始运营。[①]从这里能到达南伦敦大部分地区和肯特郡，大部分列车路上都会经过伦敦桥车站。这座车站由约翰·霍克肖爵士（1811—1891）设计，他同时也负责设计加农街车站（见下文）。

20世纪初的查林十字酒店和车站（图右）

如今正面挡住主站点的查林十字酒店建于1865年，由爱德华·米德尔顿·巴里（1830—1880）（巴里其他的著名作品还包括考文特花园的皇家歌剧院）设计。这家酒店在开业当天的入住率就立即成功超过50%。[②]酒店开业

---

①② 出自哈罗德·P. 克伦著《伦敦的面貌》。

1890年查林十字车站和酒店正面一瞥

的同一年，在它的前院就竖起埃莉诺十字架的复制品。旅馆的原址曾经是英王爱德华一世的妻子埃莉诺王后的灵柩在送葬路上停留过的一处纪念场所，已于1647年拆除，而十字架的真品仍保存在白厅[①]。旅馆的前方现在竖立着一尊英王查理一世的雕像。这里被视为伦敦的中心，持照马车夫和后来的出租车司机都得知道以这个地点为圆心，6英里半径内所有的街道。达到这种程度的了解对他们来说是一种“常识”。

查林十字火车站的设计师约翰·霍克肖爵士

夏洛克·福尔摩斯的探案故事中曾几次提及查林十字车站和周围地区。

① 英国政府所在地。

查林十字酒店和车站外的埃莉诺十字架（十字架被安放在高耸的基座顶部）

在《波西米亚丑闻》中艾琳·艾德勒就是在这里搭上了一列通往欧洲大陆的火车，成为她最终成功躲过福尔摩斯的计划的一部分。在《空屋》的结尾，福尔摩斯向华生提及，他的左上犬齿就是在这座车站的候车室，被一个叫马修斯的人打掉的。

而福尔摩斯和华生也是从这里出发去肯特郡，探查斯坦利·霍普金斯督察委托他们的疑难案件。第一次进行这种旅行是去凯瑟姆探查《金色夹鼻眼镜》一案。第二次是去虚构的马沙姆村①协查《格兰其庄园》一案。最后的关联来自《布鲁斯—帕廷顿计划》，福尔摩斯就是在查林十字酒店的吸烟室设计捕获情报贩子奥伯斯坦的。

1896年，柯南·道尔发表了小说《罗德尼·斯通》，题材涉及摄政时期的赤手拳击运动。1910年，他又将根据这篇小说改编的戏剧《谭波利的房子》搬上舞台。②为了这出戏剧，他以600镑一周的租金租下了阿德尔菲剧院。不幸的是演出并不成功，在租约还有四个月的时候就停演了。这在很大程度上是因为当时拳击还是非法运动，而观众也抵触在舞台上观看拳击题材剧目的想法。柯南·道尔面临的潜在损失仅剧院租金就达9600镑，于是他将目标转向夏洛克·福尔摩斯的题材。意识到福尔摩斯能够吸引观众，他迅速将自己特别受欢迎的短篇小说《斑点带子》戏剧化，在几星期内进行了排练。1910年6月4日，舞台剧《斑点带子》正式开演。

H. A. 森茨伯里（1869—1939）饰演福尔摩斯，林·哈丁（1867—1952）饰演格里姆斯比·罗伊洛特医生。这不是哈丁唯一与大侦探作对的经历。后来他又在银幕上饰演莫里亚蒂教授，与阿瑟·翁特纳饰演的福尔摩斯对决。哈丁和柯南·道尔还在如何塑造罗伊洛特的人物形象上产生了分歧。柯

---

① 有一种可能性，这个地名来源于诺福克的马沙姆村。1903年，柯南·道尔曾在哈皮斯堡的希尔屋酒店居住，在那里写了《跳舞的小人》。诺福克文学网站称柯南·道尔此行是在驾车度假，所以他有可能途经或者取道马沙姆村，也可能碰巧在当地地图上看到这个地名，于是后来决定在次年发表的《格兰其庄园》中使用这个名称。

② 出自杰克·特雷西著《夏洛克·福尔摩斯外典》。

南·道尔希望人物形象是个非常传统和可信的恶棍，而哈丁则想将罗伊洛特演得更加生动而且彻底情节化。这导致两人关系紧张。这个问题后来在J. M. 巴里——《彼得·潘》的作者介入之后，才得到解决。他是两人共同的朋友，在

河滨街的阿德尔菲剧院（摄于2008年）

旁观了该剧整场的排练之后，他建议柯南·道尔听从哈丁的意见。

开演当晚，哈丁的罗伊洛特受到观众欢迎，这证明柯南·道尔做出了正确的决定。柯南·道尔欣然得体地送给哈丁一封贺信，大力赞扬了他的表演。1931年，哈丁在同名电影中再度饰演同一角色，在银幕上与雷蒙德·马西饰演的福尔摩斯对决。4年后，他首次饰演莫里亚蒂，与阿瑟·翁特纳演对手戏。

再回到餐厅的问题上来，福尔摩斯和华生看上去很喜欢外出就餐，提到过的餐厅当中有一家辛普森餐厅。这家餐厅今天仍在营业，在《临终的侦探》

J. M. 巴里——《彼得·潘》的作者和阿瑟·柯南·道尔的朋友（摄于1890年）

辛普森餐厅（摄于2008年）

和《显贵的主顾》中出现过。在后一则故事中，福尔摩斯和华生在那里至少吃过两次饭。

餐厅的所在地原先是喷泉酒店的旧址，而这家酒店是18世纪早期一家名叫吉特—凯特俱乐部的文学团体的大本营。1828年，一个叫赛缪尔·赖斯的人在这里开设了“大雪茄屋”，很快这里也就成了著名的雪茄和咖啡屋。这是一家俱乐部，但加入的名流和绅士使用它的设施要付一个畿尼[①]的年费。在俱乐部最受欢迎的消遣方式之一是国际象棋。这项活动发展到了让这里被称为“国

一幅呈现1828年“大雪茄屋”风貌的素描画作

际象棋之家”的地步，英国首位国际象棋世界冠军霍华德·斯汤顿（1810—1874）就是这里的顾客。[②]当年的其他知名顾客还包括查尔斯·狄更斯、乔治·萧伯纳和威廉·格莱斯顿。

1848年，赛缪尔·赖斯的企业引入有力的餐饮业经营者约翰·辛普森。

① 英国的旧金币，值一镑一先令。
② 出自辛普森官网。

大雪茄屋随之改名为“辛普森大酒店”。从此这家餐厅专门在英国开发和发展了将烤肉送上餐桌切片，直接让顾客享用的业务。1890年代，这里被拆除，但1900年便重建和再度开业。那样的话，福尔摩斯和华生是在这家餐厅拆除前和重建以后，在这里用餐的。根据各种资料来看，《临终的侦探》时间设定在1890年，就在餐厅被拆除的一小段时间前。《显贵的主顾》一直被认为时间设定在1902年，这意味着如今这家餐厅的顾客能够在一栋福尔摩斯最后一次有案可查的惠顾之后，基本没有变化的建筑物里享用餐点。

从河滨街看到的萨伏伊酒店的入口（摄于2008年）

现在从餐厅回到酒店。萨伏伊酒店1889年开业[①]，至今仍是伦敦最具名望的酒店之一。酒店的设计师是托马斯·爱德华·柯尔库特（1840—1924），他也负责设计了剑桥圆广场的皇宫剧院。酒店最著名的经理是塞萨尔·里兹（1850—1918），他后来创建了以他的名字命名的酒店。

萨伏伊酒店得到过众多知名人士惠顾，其中包括查理·卓别林和奥斯卡·王尔德。我们已经知道王尔德1889年曾在兰厄姆酒店和柯南·道尔见面

① 出自萨伏伊集团官网。

拿破仑·萨罗尼摄制的奥斯卡·王尔德像（1882年）

阿瑟·西摩尔·萨利文爵士

了。王尔德也曾在萨伏伊和阿尔弗雷德·“波西”·道格拉斯勋爵多次见面，而这些会面是后来王尔德因“严重猥亵行为”遭到起诉的一个重要因素。

阿瑟·萨利文爵士（1842—1900）曾进入萨伏伊酒店的董事会。他的“吉尔伯特和萨利文”组合中的作曲家身份更为知名。因此萨利文和萨伏伊酒店都能主张自己与柯南·道尔有关。

1892年，J．M．巴里提出了创作歌剧《简·安妮》的主张。这出歌剧最初有望让萨利文作曲，但他放弃了，于是由他原来的一位学生顶替。但运作这出戏时，巴里遭到了挫折，于是向柯南·道尔求助。

柯南·道尔欣然相助，但《简·安妮》的剧作成品最后还是彻底失败了[①]，演出五十场后便草草收场。尽管如此，巴里和柯南·道尔两人依然是朋

① 1893年5月15日《泰晤士报》刊登了该剧的最初评论。

20世纪初期，从泰晤士河边看到的塞西尔和萨伏伊酒店。图右为萨伏伊酒店

友。1907年，柯南·道尔和珍·莱基结婚时，巴里还应邀参加了婚宴（见前文）。

萨伏伊和柯南·道尔的联系非常牢固。1904年6月18日，柯南·道尔在这座酒店参加了尊贵的罗伯茨勋爵举办的晚宴[①]。罗伯茨（1832—1914）是一位英国陆军元帅，也是皮尔格里姆斯协会的创始会长。这个协会促进了英美两国的友好交往。

罗伯茨参加过布尔战争，柯南·道尔为

初代罗伯兹伯爵，弗雷德里克·斯莱·罗伯茨陆军元帅

① 出自布莱恩·皮尤和保罗·斯皮林著《柯南·道尔的足迹：一份德文郡之旅的插图本》。1904年6月20日，《泰晤士报》曾报道此事。

丹麦圣克莱蒙教堂（摄于2006年）

这场战争写了《伟大的布尔战争》一书（1900年），在书中他阐述发动这场战争是为了对付大量反英情绪所使的必要手段。人们相信，正是由于这本书和早先同样关于这场战争的小册子《在南非的战争：起因和行为》，柯南·道尔才得以在1902年获得他的爵士头衔。

罗伯茨也在夏洛克·福尔摩斯故事中得到了特别优待。在1926年发表的年代背景为1903年[①]的《皮肤变白的士兵》中，在接近结尾时特地提到了罗伯兹的名字。这很明显地表示那是个关于在布尔战争中战斗过的士兵的故事。

河滨街最后一个有趣的场所是位于和舰队街交叉点前的丹麦圣克莱蒙教堂。这座教堂1682年由克里斯托弗·雷恩爵士凭一己之力主持建成。1907年11月24日，这座教堂举行了于三天前逝世的柯南·道尔的朋友伯特兰姆·弗莱彻·罗宾逊的追悼会。这个仪式和罗宾逊在他家乡德文郡伊普尔潘镇的葬礼同时进行。

---

① 对于这个设定年代，詹姆斯·多德认为实际上是两年前的1901年。

学园剧场和威廉·吉列

1772年，英国皇家文艺学会在现在的学园剧场地址建立了一个展览和音乐演奏室。然而直到1809年，学园剧场才正式进驻这个地方。毗邻它的皇家剧场在被火灾焚毁后，将机构迁往学园剧场，张伯伦勋爵颁发了在那里上演现有剧目的许可证。剧场后来根据赛缪尔·比兹利（1786—1851）的设计方案重建，1815年开业。不幸的是，十五年后，学园剧场遭遇皇家剧场同样的厄运，毁于火灾。四年后，剧场再度重建，重新开业。火灾在七十年后又降临这座剧场，现有剧场在1907年建造和开业。

学园剧场与柯南·道尔和夏洛克·福尔摩斯之间发生过三次联系。按照时间顺序，第一次是1874年，年仅15岁的柯南·道尔在伦敦游览时。[①]这次在伦敦逗留期间，他来到学园剧场观看了一场《哈姆雷特》的演出。这座剧场给他留下了深刻印象无疑是合理的设想，因为他在第二个福尔摩斯案件《四签名》之中就用到了这座剧场的场景。在这个故事中，福尔摩斯、华生和玛丽·摩斯坦在剧院外的左边第三根柱子等候与玛丽的神秘恩人见面。根据众多资料可以认定，这个故事的时间设置在1888年[②]，意味着书中的剧场是现剧场重建前的前身。

最后一个联系确凿无疑与福尔摩斯的舞台化有关。1901年，美国演员威廉·吉列将他1899年在美国开演的剧目《夏洛克·福尔摩斯》带到了伦敦。这出戏在巡回演出之前，开始在学园剧场连演了7个月。剧目源于柯南·道尔将关于夏洛克·福尔摩斯的相关权利出售给百老汇制片人查尔斯·弗罗曼，以获取对方以任何形式使用这项权利的版权费的决定。[③]

随后柯南·道尔决定亲自写关于夏洛克·福尔摩斯的剧本。消息迅速传到了弗罗曼耳中，他认为这对戏剧制作来说不够好。弗罗曼专程来到英国，私

---

① 出自安德鲁·里塞特著《柯南·道尔——夏洛克·福尔摩斯的创造者》，约翰·迪克森·卡尔的《阿瑟·柯南·道尔传》也曾提及此事。

② D·马丁·达金的《夏洛克·福尔摩斯评述》和莱斯利·克林格的《夏洛克·福尔摩斯新解》再次一致认同这个年份。

③ 出自杰克·特雷西著《夏洛克·福尔摩斯外典》。

下将他的想法告诉柯南 · 道尔，建议他由吉列改编福尔摩斯的剧本。由于剧本原稿遗失，已经无法知道该剧改写到什么程度。根据某些资料可以推测，1898年，当吉列在旧金山演出《秘密机关》一剧，在鲍德温酒店下榻时，剧本的初稿由于火灾被毁。从柯南 · 道尔最终欣然接受由吉列主演的结果可以推测，即使在很久程度上被改写，剧本应当完好地保留了作者的原始创意部分。

威廉 · 吉列饰演的夏洛克 · 福尔摩斯

莫德·菲利（1881—1971）饰演的爱丽丝·福克纳——夏洛克·福尔摩斯的爱慕者（罗杰·约翰逊提供）

演员表

玛姬·拉拉比	夏洛特·格兰维尔小姐
约翰·福尔曼	希德尼·赫伯特先生
詹姆斯·拉拉比	拉尔夫·德尔摩先生
特蕾西	露易丝·柯林斯小姐
福克纳太太	艾茜尔·洛里摩小姐
希德尼·普林斯	富勒·梅里希先生
爱丽丝·福克纳	莫德·菲利小姐
夏洛克·福尔摩斯	威廉·吉列先生
莫里亚蒂教授	W. L. 阿宾顿先生
约翰	索尔德尼·鲍威尔先生
阿尔弗雷德·巴西克	亨利·哈曼先生
比利	亨利·麦克阿德尔先生
华生医生	珀西·林达尔先生
吉姆·克莱金	格里芬·埃文斯先生
托马斯·莱利	亨利·J. 哈德菲尔德先生
“轻足”麦克塔格	哈罗德·海顿先生
斯米德莱夫人	克莱尔·邦斯福特小姐
帕森斯	弗兰克·彭格利先生
冯·斯塔尔伯格伯爵	沃尔特·塞尔比先生
爱德华·莱顿爵士	托马斯·H. 布莱顿先生

1901年原版演员表得自1922年版的《弗伦奇演艺集》①

这版舞台剧获得了巨大成功，连当时的威尔士亲王②都被吸引，在巡回演出之前，连演216场。应观众，尤其是美国观众的要求，吉列在他以后的人生中，多次重演这一剧目。《夏洛克·福尔摩斯个人传记》的作者文森特·斯塔莱特说这一剧目是“一出荒诞，离奇，而且令人彻底愉悦的情节剧，吉列先生的《夏洛克·福尔摩斯》可能像弗雷德里克·多尔·斯蒂尔先生所说的那样，是有史以来一个小说家的理念在舞台上的最佳展现。”

---

① 出版这部演员表复印件的赛缪尔·弗伦奇有限公司办公地址在南安普敦街26号，距离8—11号的《河岸杂志》办公室仅几步之遥。

② 指当时的维多利亚女王的长子爱德华王子，后来的英王爱德华七世。

威灵顿街上的学园剧场（摄于2008年）

夏洛克·福尔摩斯和铁路

在夏洛克·福尔摩斯和华生的冒险过程中，经常会使用铁路旅行。我们已经提到过查林十字火车站，但这并不是系列故事中提到的唯一车站。

维多利亚火车站是通往肯特郡和英格兰南海岸大片地区的门户。福尔摩斯爱好者印象最深的就是《最后一案》（1893年）中，福尔摩斯和华生在这里搭上一辆火车，摆脱莫里亚蒂教授追杀的情节。

车站是一座庞大的建筑，能够以一当二地发挥作用。东站一直为肯特郡方

维多利亚火车站（1910年）

向的列车服务，而西站供通往萨里郡和萨塞克斯方向的列车使用。西站于1860年10月1日启用①，给人留下的印象最为深刻，而且包含格罗夫纳旅馆旧址。东站是给人留下印象相对较浅的木前门建筑，1862年8月25日启用。1924年，东西两半之间的隔离墙被拆除（部分），站台号从东到西进行了重编。

这个车站曾两次被恐怖分子成功袭击。1884年2月26日，一伙“芬尼亚”

① 出自铁路网。

2008年的维多利亚火车站

国王十字火车站。图中为8号站台。从剑桥到站的火车往往在这个站台停靠。在《失踪的中卫》中，福尔摩斯和华生从剑桥返回时，可能就是在这里到达伦敦的。（摄于2008年）

爱尔兰恐怖组织成员炸毁了车站的一个厕所[1]，1991年，爱尔兰共和军引爆了藏在一个小垃圾箱里的一枚炸弹，造成1死38伤。

国王十字火车站于1852年10月14日启用[2]，之前的建造工程耗时2年。车站启用时，共有8个站台，但只有1号和8号站台能够停靠列车，其他站台只能当侧线使用。传说8号站台建在罗马帝国的死敌、古代不列颠爱西尼部落女王布狄卡的坟墓旧址上。[3]

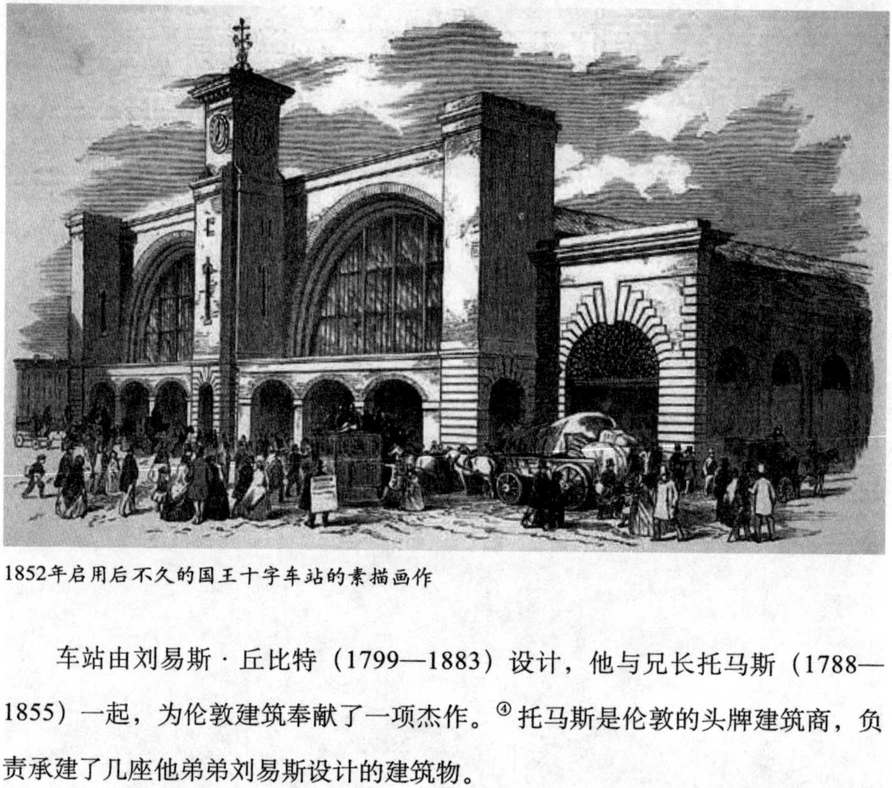

1852年启用后不久的国王十字车站的素描画作

车站由刘易斯·丘比特（1799—1883）设计，他与兄长托马斯（1788—1855）一起，为伦敦建筑奉献了一项杰作。[4]托马斯是伦敦的头牌建筑商，负责承建了几座他弟弟刘易斯设计的建筑物。

丘比特兄弟的父亲是诺福克的一位农场主，为此丘比特负责设计了一个

① 1884年2月28日《泰晤士报》报道了这一事件和善后事宜。

② 见《伦敦的面貌》。

③ 出自铁路网网站。

④ 丘比特家族还有另一个兄弟威廉（1791—1863）。他对建筑设计缺乏兴趣，反而对机械工程和政治有兴趣，曾担任两届伦敦市长。

1914年帕丁顿车站内停靠的火车

让火车进入西诺福克的火车站①。丘比特这个姓氏在诺福克很常见，在夏洛克·福尔摩斯《跳舞的小人》一案中曾出现过。然而柯南·道尔决定在文中让福尔摩斯的一位主顾姓丘比特却和这个丘比特家族毫无关联。实际上他在丘比特家族三兄弟的时代过后，想到给书中角色取这个姓氏，是因为他造访诺福克郡期间经常在希尔屋酒馆下榻的缘故。②

帕丁顿火车站是夏洛克·福尔摩斯故事中提及次数最多的车站之一。福尔摩斯和华生在《博斯科姆比溪谷秘案》、《银色马》和《巴斯克维尔的猎犬》三个故事中，从帕丁顿车站乘火车去伦敦以外的地方。华生和他的妻子玛丽在结婚后不久，就搬到帕丁顿车站附近生活，而这种关联，使他能了解《工程师大拇指》一案，将案子介绍给福尔摩斯，引起他的注意。

---

① 铁路线通过剑桥，终点站在诺福克郡内的金斯林。

② 关于这方面的更多内容在后面关于利物浦街火车站的部分能够找到。

帕丁顿车站1838年启用，但现存的车站建于1854年，由伊桑巴德·金顿·布鲁内尔设计。9年后，第一条地下铁路线在帕丁顿和法林顿车站之间开通，而这就是今天我们所说的“地铁”。

当我们来到这座期待中的火车站时，看到的是一座酒店。这一次我们看到的是“大西部酒店”。这座酒店由菲利普·哈德威克之子菲利普·查尔斯·哈德威克设计，由上文提到的承建国王十字车站的丘比特公司建造。这座如今以希尔顿集团伦敦帕丁顿酒店的名义营业的酒店，建于1851至1854年之间，从19世纪晚期到1983年，一直由铁路公司负责运营。

摘自《伦敦新闻画报》的1854年的大西部旅馆

帕丁顿地区本身也包含了一些趣事。其中最为声名狼藉的一例（尽管当时并没有流传）是约翰·查尔斯·奈特利事件。

约翰·查尔斯·奈特利

奈特利（1860—1903）是个马车夫，被人从他自己的马车里丢出来，遭给他拉车的马践踏，头被车轮轧了个粉碎，死得很惨。1976年，作家斯蒂芬·奈特抛出的“开膛手杰克”案[①]王室阴谋论广受瞩目，使这个本不知名的小人物开始名声大噪。阴谋论认为就是这个约翰·奈特利用四轮马车载着王室外科医生威廉·古尔爵士（见下文）在白教堂周围活动，因此他在整个阴谋中不仅是帮凶，而且他的马车也是杀人犯屡次逃脱制裁的工具。

克里蓬医生

这个地区还有些事件与圣玛丽医院有关。华生曾直接或间接从这家医院得到过工作机会。医院建于1845年，拥有自己的医科学校。亚历山大·弗莱明爵士（1881—1955）在这座医院的实验室里发现了青霉素，伯纳德·斯皮尔斯伯里爵士（1877—1947）有时也会在同一实验室进行研究。后者是英国病理学的先驱，他所发现的证据为给包括克里蓬医生在内的谋杀犯定罪提供了

① 1888年8月7日至11月9日期间，在伦敦东区白教堂一带发生的，是英国乃至世界犯罪史上最为臭名昭著的悬案。凶手将受害者割喉杀死，有些受害者还惨遭剖腹，手法极其残忍。三个多月间，至少五名妓女连续遇害。犯案期间，相关单位多次收到以凶手名义寄来的信件。9月27日，中央新闻社收到一封以“开膛手杰克”署名的信件，从此凶手就被这样称呼。尽管警方多方调查，但却始终没有将凶手捉拿归案。凶手大胆凶残的犯案手法，经媒体一再渲染，使当时的英国社会陷入恐慌。

1900年的尤斯顿车站

圣玛丽医院（摄于2008年）

帮助。

1837年启用的尤斯顿车站，由菲利普·哈德威克（1792—1870）设计。这座车站在《血字的研究》、《修道院公学》和《皮肤变白的军人》三个夏洛克·福尔摩斯故事中出现过。车站因为曾是伦敦唯一的城际车站而与众不同，在福尔摩斯和柯南·道尔的时代，它归伦敦和西北铁路公司共有。今天则是英国铁路网公司的产业。

19世纪40年代，这座车站进行了改建和扩大。主要扩建部分之一是哈德威克的儿子设计的大厅①，于1849年5月27日启用。

在《血字的研究》中，德雷伯和斯坦杰森在他们的计划被一堆事件打乱之前，曾计划从这个车站乘火车前往利物浦。在《修道院公学》中，福尔摩斯和华生，就是同赫克斯塔布尔博士一起从尤斯顿车站去公学所在地麦克莱顿的②，从而能够调查萨尔特尔勋爵失踪一案。最后，《皮肤变白的军人》中，福尔摩斯，詹姆斯·多德和詹姆斯·桑德斯从尤

1849年，尤斯顿车站新大厅启用前后的景象。

① 这不是哈德威克家唯一的一次子承父业。他们还曾先后一同设计过圣巴托洛缪医院（见下文）。

② 麦克莱顿不是真实存在的地名，但我们可以推测柯南·道尔是从哪儿想到这个地名的。故事中这所学校被设定位于“皮克地区”。这也就必然意味着这个“皮克地区”实际上是由几个实际存在的地区拼凑成的。其中之一是柴郡，而根据1891年人口普查记录，姓麦克莱顿的人只在这个地区居住。这可能只是个巧合，但如果是这样的话，这个巧合就太过明显了。

斯顿车站出发，前往贝德福德郡调查埃姆斯沃斯家族的怪异举止。

遗憾的是在19世纪60年代，发生了一件只能被称为破坏历史建筑物的行为——车站建筑被拆除[①]，由1968年启用的新车站取代。这座车站现在成了铁路网公司的所在地。

最终，尤斯顿车站仍在它当初开始运营的地方一直维持到了今天。而1848年11月1日，WH史密斯（一家英国大型零售商）就在尤斯顿车站开设了他们的第一家书亭。[②]

尤斯顿车站（摄于2004年）

滑铁卢车站在同一年启用，这是一座福尔摩斯、华生和他们的主顾们最频繁使用的车站。有六个故事都明确提到了这座车站。

① 据《伦敦的面貌》一书所说，原车站的拱门有望在车站的花园内重现。可惜这没能成为现实。

② 出自《伦敦的面貌》。

滑铁卢车站主入口（摄于2008年）

车站原先由伦敦和西南铁路公司共有，因位置靠近滑铁卢桥后方，所以最初取名“滑铁卢桥车站”，1886年才改用现在的名称。在启用的时候，这里只有三座站台，一天最多只能供14趟列车使用。[①]

如上文所述，这是一个在不下六个故事中被提到的著名车站。第一次是在《五个桔核》中，不幸的约翰·奥彭肖在拜访福尔摩斯之后，变成了一具尸体，被人在滑铁卢桥下的泰晤士河水里打捞起来。这是少数几个福尔摩斯的主顾在破案前被谋杀的故事之一，也是福尔摩斯亲自到现场调查的少数几例案件之一。

第二个和车站有关的故事是《斑点带子》。这个故事已经提到过，是柯

① 出自《伦敦的面貌》。在作者库伦写作这本书时，车站已经扩大了规模，能容纳21座站台，通常一天可供1200趟列车使用。

南·道尔的《福尔摩斯》系列探案故事当中明显最受欢迎的一个。海伦·斯托纳从斯托克莫兰一路来到滑铁卢车站，然后委托福尔摩斯关注和她姐姐朱莉娅离奇死亡有关的各种事件。

《驼背人》中提到过，在福尔摩斯和华生去奥尔德肖特调查巴克利上校之死时，也是从这个车站出发的。在《海军条约》中去沃金，还有在《孤身骑车人》中去萨里郡的法恩汉姆时，也都再次从这里出发。

而提到这座车站的最著名的故事就是《巴斯克维尔的猎犬》。这个故事在《驼背人》之前和其他提及这座车站的故事之后发表。这个车站不仅是莫蒂默医生和巴斯克维尔会面的地方，而且斯台普顿在跟踪巴斯克维尔被福尔摩斯发现后，也是从这里逃走的。这本身就提供了一个有趣的线索。前文在提到诺森

1900年的维多利亚河堤——远处可以看见约翰·奥彭肖遇害的滑铁卢桥

正在驶离滑铁卢车站的列车（1904年）

伯兰大街的旅馆时，我们研究过福尔摩斯和马车夫约翰·克莱顿之间的对话。克莱顿在这次交谈中提到，斯台普顿突然让他从摄政街去滑铁卢车站。如我们所知，这是因为斯台普顿意识到自己已经被盯上而采取的行动。克莱顿还说，斯台普顿走进火车站然后就消失了，想来是搭上火车回达特穆尔去了。

这其实不对。我们从故事的最后得知斯台普顿曾带着他的妻子和他一起来到伦敦，还将她囚禁在他们居住的旅馆里。因此如果他进入滑铁卢车站上了火车，就会把他妻子留在伦敦。这显然不可能。这样留给我们的可能性就只有两种了。第一种是斯台普顿早就将妻子送进车站，或是让她在那里等他，或是让她先坐火车离开。这就太不可能了，因为他把她带到伦敦留在身边看管的全部理由是因为在她拒绝协助他制造让查尔斯·巴斯克维尔爵士死亡的事故。因此他不可能留她一个人自由行动来按自己的意愿行事。

那么仅剩的唯一可能性就是在克莱顿让他在滑铁卢车站下车后，斯台普顿肯定搭上了另一辆马车原路返回他住的旅馆，将被他监禁的妻子带走，再折返滑铁卢车站，乘车回达特穆尔。因为这么做绝对不易操作，所以不是个令人满意的答案，但这是唯一符合书中故事情节的推论。

利物浦街车站1874年启用，1875年开始运营。车站由爱德华·威尔逊（1821—？）[①]设计，建在别名“贝德兰”的“第一贝特莱姆皇家医院”旧址上。毗邻车站的原“大东方酒店”由E．M．巴里设计，他同时也负责设计查林十字车站和加农街车站（见下文）的酒店。车站由街道得名，而街道得名于前英国首相利物浦勋爵（1770—1828）。

1901年，柯南·道尔和他的朋友伯特兰姆·弗莱彻·罗宾逊在科洛默度过了一个高尔夫假期。[②]因为只有利物浦街车站有火车直达科洛默，他们很可能就是从这里出发的[③]。1901年，罗宾逊和柯南·道尔在南非和英国之间旅行时，谈论了传说中的幽灵猎犬，在科洛默的时候，再次谈起了这个话题，最终使得他们约定一起写一个相关的故事。[④]这个合作项目没能实现[⑤]，但柯南·道尔将以这个构思为基础，创作他最为著名的夏洛克·福尔摩斯故事《巴斯克维尔的猎犬》。更多柯南·道尔与罗宾逊的友谊，以及故事的构思经过可以在布莱恩·皮尤和保罗·斯皮林著的《伯特兰姆·弗莱彻·罗宾逊——<巴

---

① 出生于1821年，死亡日期未知。

② 出自布莱恩·皮尤和保罗·斯皮林著《在柯南·道尔的足迹上：一份德文郡之旅的插图本》。

③ 这次旅行乘火车进行的观点因没有发现柯南·道尔在1903年以前买过汽车而具有说服力。据布莱恩·普尤和保罗·斯皮林两位作者称，弗莱彻·罗宾逊在1902年和1903年为《皮尔森杂志》写过关于赛车的文章，因此他很可能会开车，但在他去世的时候，却没有一辆属于自己的轿车。

④ 出自布莱恩·皮尤和保罗·斯皮林著《在阿瑟·柯南·道尔的足迹上：一份德文郡之旅的插图本》。

⑤ 柯南·道尔在关于幽灵犬的故事中使用夏洛克·福尔摩斯的决定可能是他和弗莱彻·罗宾逊两人最初设想的合作没有进行的原因之一。在某些人看来，在这之后，他肯定打定主意将来不与任何人合作。1911年，一个叫阿瑟·惠特克的人寄给他一篇题为《谁想要的男人》的仿夏洛克·福尔摩斯之作，建议两人进行合作。柯南·道尔拒绝了，理由是如果他与任何人合作，都会压低编辑付给他的稿酬价格。他提出以十个畿尼的价格购买惠特克的构思，在信中他说，他以前已经这样做过一次（支付相同金额）。然而这可能不准确。我们从《在阿瑟·柯南·道尔的足迹上》（见前一注解）得知，柯南·道尔从弗莱彻·罗宾逊那里购买过一个用蜡膜伪造拇指纹印的构思。然而这个在《诺伍德的建筑师》中使用的构思，是用五十英镑，而不是十个畿尼买下的。我们还从《伯特兰姆·弗莱彻·罗宾逊——<巴斯克维尔的猎犬>的补注》得知，1901年，柯南·道尔为罗宾逊对《巴斯克维尔的猎犬》作出的贡献支付了五百英镑。因此他至少在信中误导了惠特克。可能惠特克当初就是得知罗宾逊参与过《巴斯克维尔的猎犬》创作，受到鼓舞，才和柯南·道尔联系的。

斯克维尔的猎犬>的补注》一书中找到。

如前所述，柯南·道尔多次在诺福克度假，而1903年在这里度假时，他写了《跳舞的小人》一案。在这个故事中，他给福尔摩斯的主顾取名“希尔顿·丘比特”。我们已经知道丘比特这个姓在诺福克很常见，而柯南·道尔向他的东道主们借用了这个姓。在故事中，希尔顿·丘比特从诺福克的北沃尔舍姆前往伦敦，在去贝克街之前，到达过利物浦街车站。很自然，福尔摩斯和华生也是从这里出发，去丘比特家，最终抓获杀害丘比特的凶手阿贝·斯兰尼的。

1812年至1827年间的英国首相利物浦勋爵，利物浦街和车站都因其而得名。

下一个相关的车站是1866年9月1日启用的加农街车站，由约翰·霍克肖爵士（查林十字车站的设计者）和他的学生约翰·沃尔夫-巴里（1836—1918）[①]设计。

《歪唇男人》中，内维尔·圣克莱尔在他乔装成乞丐休·布恩，完成每天的乞讨业务后，会从这个车站搭火车从伦敦回李镇的家。福尔摩斯在向华生说明该案背景的时候，说过圣克莱尔每个傍晚都会坐17点14分的火车从加农街回李镇。

1867年，车站增建了一座耗资十万英镑的酒店[②]。酒店由E. M. 巴里设计，我们曾提及，他也是查林十字车站前那座酒店的设计者。这座酒店的设计方案

① 1901年1月21日，这位同样受封为约翰爵士的人发起召开英国土木工程师学会理事会第一次会议。这一机构的成立是为了制定建筑业使用的钢铁结构规格的标准。最终引导1929年英国标准协会的创建。英国标准的标志，也就是“风筝”商标诞生于1903年。

② 哈罗德·P. 克伦著《伦敦的面貌》。

和门前的前厅在许多方面都非常相似。大概因为酒店在城中所处位置的缘故，地方商务会议对客房的需求量很大，即使酒店对外关闭某些房间时，这些房间也仍被旅馆物业的所有者租给金融机构和其他商业机构。

最后一座相关车站是伦敦桥站。这座车站于1836年12月启用，许多年间都

1910年加农街车站的插图

是伦敦南部最重要的火车站[①]。这种重要性主要在于它在充当进城工人们的终点站。1853年，由于运输量增加，车站准备扩建[②]，于是进行了迁移，不久在水晶宫再度启用（见下文）。

1861年，伦敦桥终点站酒店开业，但这注定是一座非常短命的酒店。仅仅31年后，酒店就改为铁路公司的办公室，最终在1941年被拆除[③]。而查林十字车站的设计者约翰·霍克肖爵士，在伦敦桥车站的设计上也插了一脚。

---

① 它同时也是伦敦的第一座火车站，而原先这是两座车站。由于这个原因，这座车站像查林十字车站，加农街车站和其他终点站一样，拥有一些终点站台。

② 哈罗德·P. 克伦著《伦敦的面貌》。

③ 见铁路网网站。

加农街（摄于2005年）

1866年，霍克肖和另一位叫做F．D．巴尼斯特的设计师一同设计的新扩建车站封顶。

在《诺伍德的建筑师》中，乔纳斯·奥德克就是从诺伍德途经这座车站，去拜访约翰·赫克托·麦克法兰的（见下文）。在《退休的颜料商》中，华生从布莱克希思回到伦敦时，也是在这座车站发现福尔摩斯的对手巴克的。

从19世纪中期直到19世纪60年代，简称《布拉德肖》的《布拉德肖铁路指南月刊》都提供列车标准时刻表。

时刻表由制图商、印刷商和出版商乔治·布拉德肖（1801—1853）始创。他因出版兰开夏郡和约克郡的运河地图册广为人知。1839年，第一份列车时刻表以《布拉德肖列车时刻表和铁路旅行助手手册》为标题出版。

1841年，时刻表开始按月出版，而且达到近八页长度。57年后，长度已经将近一千页。时刻表如此受欢迎，以至于“布拉德肖”成了时刻表的同义词，即便当时他们也出版其他读物。

1853年，时刻表的创始人去世。一百多年后，1961年，最后一份《布拉德肖指南》在出版后停刊。布拉德肖在挪威因罹患霍乱去世，葬于奥斯陆。列车指南在夏洛克·福尔摩斯的两次历险故事中被提及。在《铜山毛榉案》中，福尔摩斯让华生用时刻表查找从伦敦出发的列车，而华生发现9点30分从滑铁卢车站发车的火车会在11点30分到达温彻斯特[①]。第二次提到《布拉德肖指南》是在《恐怖谷》中，这次福尔摩斯和华

《布拉德肖铁路时刻表》的创始人乔治·布拉德肖（1841年）

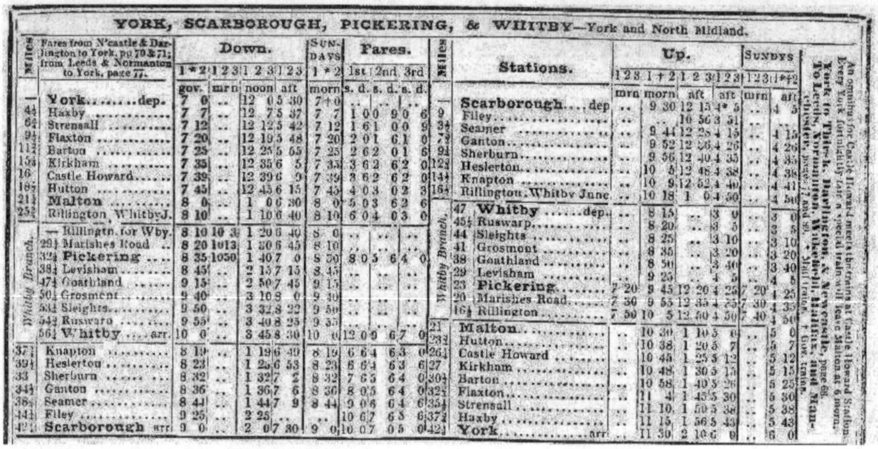

YORK, SCARBOROUGH, PICKERING, & WHITBY—York and North Midland.

Fares from N'castle & Darlington to York, pp 70 & 71; from Leeds & Normanton to York, page 77.

Miles	Down.	1 * 2 gov.	1 2 3 mrn	1 2 3 noon	1 2 3 aft	Sundays 1 * 2 morn	Fares 1st s. d.	2nd s. d.	3rd s. d.
—	York........dep.	7 0	..	12 0	5 30	7 0	..	..	..
4¼	Haxby	7 7	..	12 7	5 37	7 7	1 0	0 9	0 6
6¾	Strensall	7 12	..	12 12	5 42	7 12	1 6	1 0	0 9
9½	Flaxton	7 20	..	12 19	5 48	7 20	2 0	1 6	1 0
11½	Barton	7 25	..	12 25	5 55	7 25	2 6	2 0	1 6
15¼	Kirkham	7 35	..	12 35	6 5	7 35	3 6	2 6	2 0
16	Castle Howard	7 39	..	12 39	6 9	7 39	3 6	2 6	2 0
18½	Hutton	7 45	..	12 45	6 15	7 45	4 0	3 0	2 3
21¼	Malton	8 0	..	1 0	6 30	8 0	5 0	3 6	2 6
25¼	Rillington, Whitby J.	8 10	..	1 10	6 40	8 10	6 0	4 0	3 0
—	Whitby Branch. Rillingtn. for Wby.	8 10	10 3	1 20	6 40	8 0	..	..	..
29¼	Marishes Road	8 20	10 13	1 30	6 45	8 10	..	..	..
32¼	Pickering	8 35	10 30	1 40	7 0	8 30	8 0	5 6	4 0
38¼	Levisham	8 45	..	2 15	7 15	8 45	..	..	..
47¼	Goathland	9 15	..	2 50	7 45	9 15	..	..	..
50¼	Grosmont	9 40	..	3 10	8 0	9 40	..	..	..
53¼	Sleights	9 50	..	3 32	8 22	9 50	..	..	..
54½	Ruswarp	9 55	..	3 40	8 25	9 55	..	..	..
56¼	Whitby.....arr.	10 0	..	3 45	8 30	10 0	12 0	9 6	7 0
37¼	Knapton	8 19	..	1 19	6 49	8 19	6 6	4 6	3 0
39½	Heslerton	8 23	..	1 25	6 53	8 23	6 6	4 6	3 6
33	Sherburn	8 32	..	1 32	7 2	8 32	7 6	5 6	4 0
34½	Ganton	8 36	..	1 36	7 6	8 36	8 0	5 6	4 0
38½	Seamer	8 44	..	1 44	7 9	8 44	9 0	6 6	4 6
44½	Filey	9 25	..	2 25	..	..	10 6	7 6	5 6
42¼	Scarborough arr	9 0	..	2 0	7 30	9 0	10 0	7 0	5 0

Miles	Stations.	Up. 1 2 3 mrn	1 + 2 morn	1 2 3 aft	1 2 3 aft	Sundays 1 2 3 mrn	1 * + 2 aft
—	Scarborough....dep	..	9 30	12 15	4* 5	..	4 5
9	Filey	..	..	10 56	3 51	..	..
3½	Seamer	..	9 44	12 25	4 15	..	4 15
7½	Ganton	..	9 52	12 36	4 26	..	4 26
9½	Sherburn	..	9 56	12 40	4 35	..	4 35
12¾	Heslerton	..	10 5	12 48	4 38	..	4 38
14½	Knapton	..	10 9	12 52	4 40	..	4 41
16½	Rillington, Whitby Junc	..	10 18	1 0	4 50	..	4 50
47	Whitby Branch. Whitby......dep.	..	8 15	..	3 0	..	3 0
45½	Ruswarp	..	8 20	..	3 5	..	3 5
44	Sleights	..	8 25	..	3 10	..	3 10
41	Grosmont	..	8 35	..	3 20	..	3 20
38	Goathland	..	8 50	..	3 40	..	3 40
29	Levisham	..	9 25	..	4 5	..	4 5
23	Pickering	7 20	9 45	12 20	4 25	7 20	4 25
20	Marishes Road	7 30	9 55	12 35	4 35	7 30	4 35
16½	Rillington	7 50	10 5	12 50	4 50	7 40	4 50
21	Malton	..	10 30	1 10	5 0	..	5 0
23½	Hutton	..	10 38	1 20	5 7	..	5 7
26¼	Castle Howard	..	10 45	1 25	5 12	..	5 12
27	Kirkham	..	10 48	1 30	5 15	..	5 15
30½	Barton	..	10 58	1 40	5 26	..	5 25
32½	Flaxton	..	11 4	1 45	5 30	..	5 30
35¼	Strensall	..	11 10	1 50	5 38	..	5 38
37½	Haxby	..	11 15	1 56	5 43	..	5 43
42¼	York.........arr	..	11 30	2 10	6 0	..	6 0

An omnibus for Castle Howard meets the trains at Castle Howard Station. Every York fortnightly fair a special train will leave Malton at 6 morn. York to Thirsk, Darlington, & Newcastle, page 66. To Leeds, Normanton, Wakefield, Halifax, and Manchester, page 77 and 93. * Stall trains. † Gov. trains.

1850年的一份布拉德肖列车时刻表一瞥

生主要是用这本书来破译波尔洛克送来的密码，波尔洛克是福尔摩斯安插在莫里亚蒂教授犯罪组织内部的卧底。

① 今天，这段旅程快了很多，最具可比性的一趟9点35分驶离滑铁卢车站的列车10点32分就能到达目的地。

大英博物馆和博物馆酒馆

1903年的大英博物馆

1759年，已经建成6年的大英博物馆对公众开放。当时的博物馆就设在蒙塔古屋，一直到1840年，这座建筑被拆除，为现在的博物馆建筑腾出重建的空间。

博物馆是在英王乔治二世的皇家图书馆和汉斯·斯洛恩爵士（1660—1753）遗赠给国家的藏品中的自然历史类藏品基础上建立的。斯洛恩多才多艺，不仅是自然历史学专家，而且还是个医生，1687年成为英国皇家内科医学会会员。他同时也是皇家学院院士。数年后，他获得同时成为两个机构首脑的殊荣。而英国皇家学院前

汉斯·斯洛恩爵士

一任院长是伊萨克·牛顿爵士。

福尔摩斯和柯南·道尔与博物馆以及这一地区的联系相当多。柯南·道尔是图书馆的读者，而且曾穿过这条街到过博物馆酒馆（见下文）。他也曾短时间住在离博物馆很近的蒙塔古广场街23号。蒙塔古广场街是博物馆周边四条街道中最北面的那条。我们根据1891年的人口普查资料得知柯南·道尔当眼科医生时的住宅就在这里。我们也已经知道他每天都从这里步行去他在上温波尔街的诊所。普查资料里出现了一个有趣的错误，柯南·道尔妻子的职业被误写为和他丈夫一样了。这个错误被纠正了，但在这份资料中看到这种错误仍很有趣。

再转到和福尔摩斯的联系上来。柯南·道尔显然对这一地区有些喜爱，于是在不少故事中提到了博物馆和周围的街道。在《铜山毛榉案》中，柯南·道尔在蒙塔古广场街的旧地址，被用作维奥莱特·亨特在给福尔摩斯写信求助时的住址。遗憾的是柯南·道尔没有给出亨特小姐住处的确切门牌号，但他在写这个故事时，脑海里浮现出他的旧地址的想法确实很诱人。他决定将这条街用作书中人的地址，很可能与现实生活有关，在这篇小说发表时，他从这里搬到南诺伍德才一年。

博物馆曾在福尔摩斯的几篇冒险故事中被提及。在《红圈会》中，设定瓦伦

这幅1828年绘制的素描中央是蒙塔古屋，当时它里面还存放着大英博物馆的藏品。博物馆的新居正在图右处建造。

博物馆客栈（2007）

太太的住宅位于博物馆东北面，而在《威斯特里亚寓所》中，福尔摩斯去大英博物馆阅读有关伏都教的书籍。在《巴斯克维尔的猎犬》中，他在搜集反派斯台普顿的更多资料时，再度去了那座博物馆。最后在《蓝宝石案》中，亨利·贝克在这座博物馆工作，而他还是博物馆附近阿尔法小酒馆的常客（见下文）。

也是值得关注的一个最重要联系是博物馆周边的另一条街道蒙塔古街。这条马路对福尔摩斯迷来说非常重要，因为这是福尔摩斯来到伦敦后的最初住所。在《马斯格雷夫礼典》一案中，福尔摩斯向华生讲解案件时，我们首次得知这一情况。

博物馆酒馆在18世纪早期名叫“狗与鸭”酒馆。这是由于当时在附近可以打猎的缘故。1762年，约翰·克里德成为这里的店主[①]，给酒馆改用与9年前建

① 出自真麦酒运动（北伦敦网站，这是一个消费者志愿组织）。

成的大英博物馆有联系的、沿用至今的名称。

据《休闲》（Time Out）杂志称，柯南·道尔是这家酒馆的常客。可能在他从眼科诊所回到蒙塔古广场街的家时，或者在走访博物馆后，会到这里坐坐。

1855年，酒馆根据威廉·芬奇·希尔的设计进行了扩建。尽管1889年，根

北斗酒馆（摄于2008年）

据怀尔森和朗的设计，这里又发生了很多改变，但我们今天看到的酒馆的大多数设施，依然是1855年扩建留下来的。

博物馆酒馆是《蓝宝石案》中阿尔法小酒馆的一个候选店[①]。宝石是在亨利·贝克的鹅里找到的，他告诉福尔摩斯和华生他是怎样从阿尔法小酒馆的店

① 这种说法是查尔斯·维尼在《夏洛克·福尔摩斯在伦敦》一书中主张的。

主那里买到鹅的，还补充说明酒馆就在博物馆附近。由于博物馆附近有许多酒馆和酒吧，这对确定柯南·道尔构思中的小酒馆的真正位置没有多大帮助。而他经常光顾博物馆酒馆的说法也只能增加它成为候选店的分量而已。

但还有一家可能性极大的候选店。在福尔摩斯和华生访查阿尔法酒馆时，文中提到“这是一家很小的酒馆，坐落在通向霍尔伯恩的一条街道的拐角”。这确实是一个符合博物馆酒馆的描述（它依然是最佳候选店），但同样也符合另一个“北斗”酒馆的情况，那个酒馆位于博物馆街。

霍尔伯恩

1910年的霍尔伯恩

无论从牛津街，大英博物馆，还是博物馆地区，或者博物馆的主要街道，都只需步行几分钟就能到霍尔伯恩。它得名于“旧伯恩”这个词语，意思是“从前的溪流”。这是伦敦少数逃过那场大火灾[①]的地方之一，而在19世纪，这里是一个著名的休闲娱乐中心，1860年登记在册的小酒馆和酒店超过20家。

这里的小酒馆、酒店和商店普遍品质较低。这是因为霍尔伯恩占据了伦敦

① 指1666年伦敦大火，是英国伦敦历史上最严重的火灾，火势从9月2日星期日开始蔓延，直到三天后才扑灭。大火中，13200户住宅、87座教区教堂、圣保罗大教堂，以及多座市政府建筑被焚毁，估计造成当时8万城市人口中的7万人无家可归。死亡人数没有留下明确记载，传统上认为数字很小，只有6例确认死亡记录，但近年来已有人对此提出质疑，认为许多贫民及中产阶级的死亡没有被记录下来。

1900年一幅反方向描绘霍尔伯恩的素描画作

的一块无人聚居地。对城里的工人来说，这个地方太偏西了，而对伦敦西区的富人居民来说，这里又太靠东了。[1]

这里与福尔摩斯系列故事相关的是一座“霍尔伯恩餐厅”。这家餐厅一度位于街道和国王路路口。遗憾的是，餐厅在1950年已经拆除[2]，但华生医生在克利特里昂遇见老同事斯坦福德后，就是把他带到这里用餐的（见前文）。而要去华生和福尔摩斯进行传奇性会面的圣巴托洛缪医院，还得从这里向东驱车

① 出自李·杰克逊著《维多利亚时代的伦敦词典》。
② 出自查尔斯·维尼著《夏洛克·福尔摩斯在伦敦》。

霍尔伯恩餐厅的木刻画

走一小段路，才能到达医院所在的爱德华王街。

1892年5月31日，柯南·道尔本人在同一家餐厅参加作家协会年度晚餐会[①]。众多与会嘉宾中有《所罗门王的宝藏》作者H．莱德尔·哈格德。这次晚餐会在《血字的研究》发表一段时间后才举行，于是很容易让人怀疑他在故事中引用这家餐厅的灵感，源于早些时候的一次光顾。他住在蒙塔古广场街时，到这家餐厅只需步行五到十分钟，那段时间极可能已经来过一次。

① 1892年6月1日《泰晤士报》报道了这次晚餐会。

托特纳姆宫廷路

1930年的托特纳姆宫廷路。在福尔摩斯时代，多米尼昂剧院还不存在。剧院所在地原本是缪克斯酒厂的旧址。

托特纳姆宫廷路是一条因满足人们购买电力设备的需求而闻名的街道。事实上人们就像把哈利街视为医药街一样，也把这条街当做电力设备街。这条马路从圣吉尔斯圆广场[1]北面开始，而圆广场在那里与尤斯顿路的终点相连。

① 圣吉尔斯圆广场也是牛津街和查林十字路的交叉口。

马路南端（如图所示）非常接近大英博物馆，也就是说因此非常接近蒙塔古广场街。柯南·道尔在自己家和上温波尔街的眼科诊所之间步行时，很可能穿过这条马路。他也可能在路上会想到有用的点子用在以后写的故事当中。

拜连接蒙塔古广场街和上温波尔街之间的无数条街道所赐，柯南·道尔有一大堆能步行去他诊所的路线。由于缺少患者，他尽可以在路上闲庭信步，频繁改变路线。有趣的是，我们会注意到他很容易经过一条和摄政街相连的马路，那就是莫蒂默街。这容易使人产生联想，觉得《巴斯克维尔的猎犬》中莫蒂默医生的姓氏就是从这条马路来的。

这一带其他街道的名称也有可能成为书中的角色姓名。在四个故事中明确提到过托特纳姆宫廷路，其中一个是1911年发表的《红圈会》，后来收录在《最后的致意》这个短篇集里。这个故事提到了瓦伦夫妇这对重要角色。瓦伦先生是在托特纳姆宫廷路工作的一名计时员，而成为福尔摩斯主顾的瓦伦太太，在离大英博物馆不远的大奥梅街[1]有一栋住宅。在托特纳姆宫廷路北端，就在它和尤斯顿路的交叉口前面，有一条和尤斯顿路到克里夫兰街的路段平行的瓦伦街。这条街的街名会不会就是那对夫妇姓氏的来源？即使不是，这也是一个很有趣的巧合。

在《红圈会》之前，还有另外三个故事和托特纳姆宫廷路有关。在《身份案》中，玛丽·萨瑟兰的继父是在这条马路上做管道生意的。《蓝宝石案》中，托特纳姆宫廷路和古治街的拐角，就是亨利·贝克和一群流氓打架，结果丢了他的圣诞鹅的地方。而后在《硬纸盒子》中，福尔摩斯就是在这条马路上从一个犹太掮客手里买到他那把斯特拉迪瓦留斯牌小提琴的。

---

① 这条街并不存在，名称因此可能来源于一条实际存在的街道。书中叙述大奥梅街位于博物馆东北面，但它和博物馆的距离没说清楚。在东北面紧挨博物馆的是蒙塔古街，但它不太可能是大奥梅街的原型，因为柯南·道尔在《马斯格雷夫礼典》中已经明确地将这条街用作福尔摩斯初到伦敦时的住处了。和蒙塔古街平行的街道是贝德福德广场街，但这条街完全不符合故事中的叙述。继续向东北走，你就会进入大奥蒙德街医院周围的街道。医院所在的街道和大奥梅街相似自然让人很感兴趣，但书中的马路被称作“窄路”，这种描绘和大奥蒙德街实在大相径庭。

考文特花园

1902年的考文特花园市场速写

考文特花园由于是皇家歌剧院和考文特花园市场的所在地而广为人知。它的位置毗邻好几个我们曾经提过的地方。东北面是霍尔伯恩，西北面是索霍区，南面是河滨街，西南面是蓓尔美尔街所在的圣詹姆斯区。

这里的市场现在出售服装、鲜花，还向成群涌向这一地区的游客出售相当数量的纪念品。然而这里并非一直都是现在这般景象。从16世纪到1974年，这个市场绝大部分摊位都出售水果、蔬菜。只是由于现代交通的发展使得市场和伦敦西区的繁华景象无法相容，于是才发生了改变，蔬果集市被搬迁，市场变成了现在的景象。

17世纪初，这一地区开始变成今天的模样。设计方案出自伊尼戈·琼斯（1573—1652）之手，他也参与了不少其他设计方案，包括白厅的现代化装修。这里很快就成为集市商人的地盘，而在伦敦大火之后，由于许多相邻集市都毁于火灾，这里变得愈加重要。这里是历史上首次有案可查的英语木偶戏表演场地[①]，而今天面朝西广场的那家酒吧也出现了。

这里和福尔摩斯最主要的联系出现在《蓝宝石案》的故事当中。阿尔法小酒馆的店主在考文特花园市场购买了一群鹅，创办了一个鹅俱乐部。其中一只鹅在亨利·贝克在托特纳姆宫廷路遇上斗殴之前，一直在他手里（见前文）。后来福尔摩斯和华生拜会了卖鹅的摊主布莱肯里奇先生，通过一次打赌，获得了这群鹅是由哪里供货的大量细节。

柯南·道尔本人同样和这个著名的地方有过关联。1919年7月9日，他决定对市场的运作进行评论。他给《泰晤士报》写了一封名为《暴利——罪恶之源》的信，信中他谴责了全国的食品零售商。他特别聚焦于考文特花园。根据掌握的第一手资料，他谴责摊主为牟取暴利不惜同时牺牲种植户和市场顾客的利益。他特别对白菜和莴苣的价格进行了猛烈批评，认为目前已经达到的价格如果再不加控制，将会导致“这个国家的暴力冲突”。随后他建议对此制定法规，阻止他明确指出的最糟的情况发生。他的谴责很快就迎来了激烈的反击。1919年7月11日，包括伦敦蔬果花卉市场协会总裁F. R. 莱德利在内的一群人联名写信[②]，谴责柯南·道尔的“无理攻击”，而且对他所主张的依据提出了质疑。这封信进一步宣称，像柯南·道尔这样一个“能引领公众视听的人”去发表这种没有根据的声明是错误的，可能会对与市场有关的所有团体的生计造成严重影响。

这无疑不是关于此事的唯一一封抗议信。一位托特纳姆宫廷路的水果商W. B. 肖恩表示如果柯南·道尔可以举证证明哪怕一个零售商确实在牟取暴利，他可以向他选择的任何慈善机构捐赠十英镑。他同样质疑柯南·道尔的文字将会对公众造成的影响。柯南·道尔是否应了战不得而知，但如果真有的话，《泰晤士报》也没有进一步关注。

---

① 据赛缪尔·皮普斯日记所说，这次表演发生在1662年。
② 这封信在同一天的《泰晤士报》发表。

然而并不是每个人都对柯南·道尔的信莫名惊诧的。1919年7月12日，一位农民以“市场园丁”的名义写了封匿名信支持柯南·道尔的立场，甚至进一步声称，几乎所有的零售商都在盘剥供货商，以牟取暴利。

考文特花园的设计者伊尼戈·琼斯，这幅画像由贺加斯根据范·戴克早先的画作绘制。

圣巴托洛缪医院

1920年的圣巴托洛缪医院广场

圣巴托洛缪，或者人们更为熟悉的简称是“巴特”医院，建于1123年，是英国最古老的医院。上图所示的主广场由詹姆斯·吉布斯（1682—1754）设计，当然上图能看到的所有东西并不全是一开始就建造的。能在广场中央看到的喷泉建于1859年，非常靠近“英王亨利八世门”的外墙上安装了一块纪念威廉·华莱士（就是那位因影片《勇敢的心》而闻名的苏格兰勇士）的牌匾，而他就是在门外被处决的。

英王亨利八世门——现在依然是医院的正门（摄于2007年）

官方派给医院的官方建筑鉴定人是菲利普·哈德威克，我们已经知道，他是尤斯顿车站的设计者。哈德威克成功地从他父亲那里继承了这一职位，后来又传给了自己的儿子。

资深迷肯定知道，这里是华生和福尔摩斯初次见面的地方。这次会面如画家乔治·哈钦森生动描绘的插图那样，发生在医院的一间实验室里。

根据至少三种资料推断，这件事（包括随后的《血字的研究》案件）发生于1881年[①]。而故事本身在1887年发表。这两个年份在巴特的历史上也极其显赫，因为就在这两个年份，发生了两件巴特医院历史上的大事，而也许英国医疗界会将这两件事视为一个整体。

在故事设定发生的1881年，爱茜尔·戈登·曼森（1856—1947）成为医院的首任护士长（年方24岁）。在医疗界从某种意义上对女性来说，身处还较为封闭的年代，这是一个了不起的成就。尽管面临反对，她还是在病患护理方面实施了大量改进措施，为护理专业能够得到正确认识和为未来的护理事业制定标准而不懈斗争。而她的成就并非就到此为止。她为护士制服制定了标准，制定了不同的颜色和图案来表示不同的护理级别。除此之外，她还创建了一直持续发行直到今天的《英国护理杂志》，在国际护士理事会首任会长（成立于1899年7月）位置上干了五年。

在故事发表的1887年，曼森因为和一个名叫贝德福德-芬威克的医生结了婚而被迫辞职。在那个时代人们的意识里，一个已婚女人不适合担任一家医院的护士长。但这不代表她医疗职业生涯的终结，就在她辞职的同一年，又以第一名见习护士的身份再度进入这家医院。

另一桩值得注意的趣事是她曾一度住在柯南·道尔原眼科诊所附近的上温波尔街20号。1999年，这个地方获得英国历史建筑纪念委员会颁发的牌匾。[②]

① W. S. 巴林-戈尔德，达金和克林格都认同这个年份。
② 出自英国历史建筑纪念委员会官网。

布鲁克街

从东向西看的布鲁克街景（2006年）

布鲁克街[1]是福尔摩斯展现顶级推理能力的最佳场所之一。在《住院的病人》中，福尔摩斯在布鲁克街403号不幸的布莱星顿被吊死的卧室里，通过对现场找到的种种蛛丝马迹进行检查，推断出导致他被害的全部前因后果。

而根据其他资料显示，布鲁克街并没有403号这个地址，这是柯南·道尔隐匿心中真实地址（如果他确实有一个的话）的又一个例子。除了和福尔摩斯相关联之外，这条马路与维多利亚时代的犯罪还有一个有些牵强

《住院的病人》中，福尔摩斯在已故的布莱星顿先生的房间里，检查一支香烟（1893年）。

① 名称来源于泰伯恩·布鲁克。

的联系。布鲁克街74号曾经一度是威廉·古尔爵士（1816—1890）的家，同时也是他数次罹患中风最后病故的地方。古尔拥有卓越的医疗职业生涯，1872年因他对英国王室提供悉心周到的医疗服务，获得准男爵头衔。我们曾在关于帕丁顿的段落里提到过，“开膛手杰克王室阴谋论”认为古尔曾乘坐约翰·奈特利的四轮马车在白教堂周围活动。所谓阴谋论即使是为了娱乐，也不太可能，案发的1888年，古尔已经七十多岁，而且至少已经有过一次中风经历。

然而这没能阻止电影和电视工业反复将这个设想具体化。诸如电影《谋杀判决》（古尔在这部电影中被化名为托马斯·斯皮维爵士）和强尼·戴普主演的《来自地狱》。前一部影片由克里斯托弗·普卢默主演，这是他两次出演夏洛克·福尔摩斯这一角色的第二部电影。

威廉·古尔爵士（1881年）

布鲁克街还是许多其他伦敦著名居民的家。虽然是在不同时期，但两位音乐界的传奇人物曾在这条街比邻而居。吉米·亨德里克斯[①]曾在25号居住，而著名作曲家亨德尔从1725到他1759年去世为止，一直住在23号[②]著名的克拉利吉斯酒店（1898年11月开业）[③]，位置就在布鲁克街和戴维斯街交叉的拐角处。

① 生于1942年，于1970年去世。著名美国吉他手，歌手和作曲家，流行音乐史上最重要的电吉他手。

② 这栋房子现在已经成为亨德尔纪念馆所在地。

③ 出自克拉利吉斯官网。

苏格兰场

苏格兰场始建于1829年，位于白厅外的一条街上。我们印象当中应由一人担任的专员职务，最初是由两人分担的。查尔斯·罗万爵士（1782—1852）和理查德·梅恩（1796—1868）最早占据专员职位，而罗万被认为级别更高一些。1850年，罗万退休，梅恩成为高级专员，威廉·海伊警长接任第二专员一职。

堤道街的新苏格兰场大厦（摄于2007年）。在苏格兰场再度搬迁以后，这栋建筑已经改名为“诺曼肖诺思”。

第二届的两位专员合作并不愉快，不过随着1855年海伊的逝世，这个难题就此解决。次年，根据通过的警务条例规定，今后苏格兰场将设一名专员和两名助理专员。从此梅恩独占专员职务，直到1868年去世为止。

1890年，苏格兰场搬迁到维多利亚堤道街，位置离现在的国防部很近（见上图）。乔迁后，这里被称为“新苏格兰场”。苏格兰场在这栋建筑物运作到1967年为止，随后再度搬迁到现在的百老汇（伦敦）10号。说来奇怪，堤道街那座建筑物并非一开始就准备让苏格兰场使用。那块地皮本来是准备留给弗朗西斯·福勒设计的一家新歌剧院的。1875年，爱丁堡公爵在那里打下了歌剧院的奠基石。不幸的是，这个如此绚丽多彩的建筑项目由于缺乏资金，导致计划流产，于是诺曼·肖的设计，让这里变成了大伦敦城警察厅的大本营。

刑事调查局首任局长查尔斯·爱德华·霍华德·文森特

1842年，苏格兰场成立刑侦局，第一批便衣警察诞生。三十五年后的1877年，这个部门卷入“赌马诈骗丑闻”（又称“刑警受审事件”）。这起刑侦部门腐败丑闻曝光后，导致部门被改组为刑事调查局（简称C．I．D．）。改组后的新部门的领导职责落到了查尔斯·爱德华·霍华德·文森特（1849—1908）身上。

由于刑事调查局长在职期间直接向内政部长报告，因而与苏格兰场专员存在对立，地位尴尬而微妙。这使得苏格兰场形成了厅中有“厅”的局面，好在1888年，随着刑事调查局开始改向专员报告，这种局面宣告结束。

福尔摩斯迷对文森特感兴趣是因为研究者所认定的《血字的研究》故事发生的时间与他有关。据他们说，这个故事发生于1881年，也就意味着在书中的案发时期，文森特正好是雷斯垂德和格雷格森两位督察的上司。1884年，文森特从C．I．D．离任，继任者是詹姆斯·门罗（1838—1920）。

詹姆斯·门罗——1884年至1888年间出任C．I．D．的第二任首脑

门罗的局长任期比文森特短，但这一时期却和福尔摩斯系列故事中发生的多起案件吻合。门罗还被卷入“开膛手杰克”一案的缉凶调查当中，而且是唯一没有发表关于自己如何参与那起臭名昭著的悬案回忆文章的高级警官。而在门罗的任期内，刑事调查局局长的头衔

变成了苏格兰场助理专员（负责罪案调查）。

亨利·马修斯——1886年至1892年间的英国内政部长

1888年9月，门罗在和专员查尔斯·瓦伦爵士发生一场冲突后辞职。冲突的原因是瓦伦希望安排的某些警察的人事任命，门罗不同意。与瓦伦不同，门罗深得当时的内政部长亨利·马修斯（1826—1913）赏识。这位部长立即在内政部给门罗安排了一个新职位。他得到了侦探事务主管的头衔，而且获准保留对特工处的控制[①]。同年11月，迫于苏格兰场侦办“开膛手”一案不力引起的强烈公众反响，瓦伦被迫辞去专员一职，马修斯遂任命门罗继任。

而福尔摩斯经办的大半案件都发生在C．I．D．第三任首脑罗伯特·安德森爵士（1841—1918）任期之内。

安德森是一位“芬尼亚”[②]组织行动问题的专家，在他刚加入内政部时，担任政治性罪案的顾问。除了收集情报外，他还是打入芬尼亚组织的间谍托马斯·米勒·比奇的上线。他大量介入对抗芬尼亚的战斗，直到1888年8月，他被任命为C．I．D．前任首脑门罗的继任者为止。

罗伯特·安德森爵士——1888年至1901年间出任C．I．D．第三任首脑

① 警察部门内部专门负责国家安全的机构。1883年3月草创，目的是对付‘芬尼亚’这样的爱尔兰激进共和组织。

② “芬尼亚兄弟会”是“北爱尔兰共和军”的先行者，他们的行动目标有很多共同点。

1905年伦敦堤岸街，图左为新苏格兰场。

1901年，安德森离任。九年后，他出版了回忆录，题为《我官方生涯的光明面》。他的继任者是爱德华·理查德·亨利（1850—1931）。亨利在1901年7月1日创立了“大伦敦城警方指纹核查局”。与之相关的新型科学应用大部分都建立在弗朗西斯·加尔顿爵士（1822—1911）的工作上面。加尔顿并非第一个提议将指纹当做身份识别方式的人（在他之前，威廉·赫歇尔爵士和亨利·福德斯医生都对此进行过研究），但他的工作建立在更为科学的基础上，这反过来能使得它被法庭接受，成为可用于鉴定的证据。当亨利还在印度出任孟加拉警务总督察时，加尔顿就和他为指纹鉴别项目进行了联系，而亨利又进而开发出一种后来被称为“亨利鉴定系统”的指纹鉴定方法。1899年，指纹在印度被正式承认为一种罪犯身份识别方式。因此很可能如下所述，亨利在苏格兰场就职后，利用自己的影响，设法让大伦敦城警方采用指纹鉴定法。

而亨利最后一件值得一提的事情是，他和柯南·道尔一样，是蓓尔美尔街的雅典娜俱乐部成员，而且还曾出任过理事会成员。

弗朗西斯·加尔顿爵士——指纹学的先驱者

人们普遍认为福尔摩斯的侦探生涯在1874年[①]到1914年[②]之间。同一时期，大伦敦城警务人员大幅度增加。1870年的记录显示，当时大伦敦城只有9160名警官。而到了1910年，人数已经达到19418，增幅超过百分之一百。[③]

① 出自《“格洛丽娅·斯科特”号三桅帆船》。
② 出自《最后的致意》。
③ 出自克莱武·恩斯利著《英国警务——一部政治和社会史》。

皇家外科医学会

皇家外科医学会从1797年开始就已入驻现地址，1843年，获颁皇家特许状，开始使用现在的名称。夏洛克·福尔摩斯迷对它的兴趣来自《巴斯克维尔的猎犬》一书。使案件引起福尔摩斯关注的莫蒂默医生是协会的成员，而在他陪同亨利爵士在伦敦逗留期间，他在学会的纪念馆里待了一个下午。

如同莫蒂默在和福尔摩斯最初会面时所指出的那样，他其实更应当被称为"先生"而不是"医生"。学会的会员或成员对"先生"这个称呼的评价很高，而在其他一些国家，如美国，外科医生才被称为"医生"。

今天去游览学会博物馆的游客会看到琳琅满目的藏品，而其中一件藏品莫蒂默在参观期间一定会仔细察看。那就是学会从1799年开始保存的亨氏藏品。这一系列藏品令人印象最深的就是"爱尔兰巨人"查尔斯·拜恩（1761—1783）的骨骼。拜恩去世后不久，尸体就被购买，他身高足有7英尺7英寸（约

英国皇家外科医学会（摄于2006年）

合2米31）。这件藏品最早由苏格兰外科医生约翰·亨特（1728—1793）收藏。他依靠贿赂一名治丧委员会成员，将拜恩的骨骼纳入自己的藏品，违背了死者的遗愿（他希望被葬入大海）。亨特对尸体进行了全面解剖和研究，并发表了他的研究成果。

亨特死后，政府接管了这件藏品的所有权，在皇家外科医学会搬迁到目前所在的林肯驿站广场后，移交给了他们。再说句题外话，有趣的是我们注意到，18世纪中期，亨特和福尔摩斯一样，在圣巴托洛缪医院进行过短期学习。如今在莱切斯特广场能看到亨特的半身像，他1783年在这里买了一栋房子（同年得到了拜恩的尸体）。

今天的游客能参观更多其他有趣的藏品，包括那件名为“银与铁”的特殊展品。它其实展示的是古往今来的外科手术器械。

皇家外科医学会的亨氏藏品，图中央可见查尔斯·拜恩的骨骼。照片由保罗·迪恩提供。（摄于2007年）

肯宁顿路

位于兰贝斯区的肯宁顿路，1751年在威斯敏斯特桥开通后修筑。这条马路组成伦敦通往布莱顿道路的一部分，在英王乔治四世往返于伦敦内外时，会从这里经过。后来这里由于成为“伦敦—布莱顿老爷车赛”的部分路段，而开始为人所知。这条马路也能以与好莱坞的关系自夸，查理·卓别林少年时代曾住在肯宁顿路287号。

1920年的查理·卓别林（1889—1977）

卓别林和夏洛克·福尔摩斯之间有一种特别强烈的戏剧纽带。威廉·吉列一手打造的四幕戏剧《福尔摩斯》中，有一个“小听差比利”的角色。1903年，该剧巡回演出时，卓别林就饰演比利。后来他在吉列的另一出剧目《福尔摩斯的痛苦困境》中，再度扮演这一角色。福尔摩斯原作故事中，这个人物仅仅出现过两次（《王冠宝石案》和《恐怖谷》）[①]，不过感谢吉列，使这个角色获得了额外的重视，在其他福尔摩斯改编作品里也出现了。在巴西尔·拉斯本主演的福尔摩斯系列电影中，特里·基尔伯恩在《夏洛克·福尔摩斯历险记》（1939年）一片中扮演这个角色。而在杰里米·布雷特主演的格拉纳达电视台福尔摩斯系列剧中，迪恩·马格里在《雷神桥之谜》单元中扮演这个角色。

---

① 根据我们的可用资料，可知这两个故事的时代背景相隔15年。《恐怖谷》据说设定在1888年，而《王冠宝石案》发生在1903年（据克林格的说法）。因此这就很难弄清楚为何同一个比利仍在当福尔摩斯的听差。

对福尔摩斯迷来说，还会因为这条马路在原著的两个故事中出现过产生兴趣。《弗兰西丝·卡法克斯女士的失踪》中，那口装着弗兰西丝女士，差点将她给埋葬的棺材就是从肯宁顿路的一家丧葬店——斯蒂姆森公司买来的。

另一个联系是，这条马路被设定为画像和塑像承办商摩斯·哈德森的商店所在地。《六座拿破仑半身像》中，那六座同规格塑像就是在这家商店出售，后来又被人搜寻和打碎的。而至少有两座半身像是在肯宁顿路被打碎的。最早被打碎的半身像就在摩斯·哈德森的店里，第二尊半身像是在一位巴尔尼科特医生家里被打碎的，而他的家也在肯宁顿路。

摩斯·哈德森的店铺和斯蒂姆森殡葬公司很可能都被设定位于肯宁顿路上

肯宁顿路——我们能看到许多零售商店，这里很可能就是书中设定的摩斯·哈德森的店铺位置。（摄于2008年）

肯宁顿路的主要住宅区（摄于2008年），巴尔尼科特医生很可能就住在一座这样的房子里。

的零售商店区。零售店区就在肯宁顿路和肯宁顿道[①]路口的南面，离奥沃尔板球场更近。马路从肯宁顿道北面继续延伸，那里住宅区变得更多，那位巴尔尼科特医生的家可能就在这一路段。

① 《四签名》中，福尔摩斯和华生曾在肯宁顿道上跟踪过乔纳森·斯莫尔。

三个诺伍德

在伦敦市中心外，南诺伍德对夏洛克·福尔摩斯和阿瑟·柯南·道尔两人的拥趸吸引力最大。尽管这个地区的居民看似对这种关联几乎没有兴趣。

一般和福尔摩斯相关的地址都会有指示牌标志，但柯南·道尔在泰尼森路12号的故居是个例外。这很可能是为了避免游客游览这个今天已被用来为自闭症患者服务的住宅。而这对一度成为开业医生的故居旧主来说，是个非常合适的用途。

1891年至1894年，柯南·道尔在这一地区居住期间，完成了将近三分之一的福尔摩斯系列探案故事。《蓝宝石案》和《斑点带子》就是在南诺伍德时期写成的。我们曾提到过，后一篇是柯南·道尔深受欢迎的夏洛克·福尔

泰尼森路12号——1973年英国历史建筑与纪念协会颁发的圆匾，见图中房屋的一楼右侧窗口右上角。（摄于2008年）

摩斯故事[①]。在柯南·道尔1891年11月写给他母亲的亲笔信中，他首次道出准备让福尔摩斯死掉的想法。不到两年，1893年4月，他写下了《最后一案》（1893年12月发表），在这个故事中，夏洛克·福尔摩斯确实迎来了自己的死期——好在是暂时的。因而没必要夸张地去说南诺伍德是历史上最著名的"文学谋杀案"发生地。

柯南·道尔居住期间的泰尼森路12号（刊登于1892年《河滨》杂志）

尽管生活在南诺伍德，柯南·道尔却仅仅在一篇福尔摩斯故事中提及这个地方，而且还是隐晦地提到，不是明确指出。那个故事是《诺伍德的建筑师》。案件的大部分其实都设置在下诺伍德（今天成为西诺伍德——见下文），而实际和南诺伍德的关联的就是书中反派在诺伍德的一座车站乘快车去的伦敦桥。能做到这一点的只有南诺伍德的诺伍德枢纽车站[②]。

另一个可能与之相关的故事是《四签名》，文中提到了"南诺伍德警察署"。1873年，大伦敦警方取得了这个地方的所有权，至今这里还有一个警察署。[③]《四签名》中的事件被设定发生在警方进驻南诺伍德警署十五年后，而

① 这一点是柯南·道尔于1927年在一份包含十二个故事的书单目录中披露的。

② 尽管车站现在名叫"诺伍德枢纽站"，但已知这个站名是从1955年开始使用的。从车站自1839年启用以来，一共有过四个站名，在《诺伍德的建筑师》和《四签名》的时代，人们都将这里简称为"诺伍德站"。

③ 出自大伦敦警方官网。

这所警署有可能是塞迪厄斯·舒尔托在上诺伍德已故父亲的房子里，发现他兄弟的尸体后，经福尔摩斯提醒，向警方报案时去的那家警署。

伯纳德·戴维斯在他的杰作《福尔摩斯和华生所到之地——破案之旅》中，非常精彩地论证了“基尔拉沃克屋”是舒尔托家的住处“本地治里别墅”的原型。[①]这栋房子（现在已经变成了公寓）坐落在上诺伍德和南诺伍德的交界处，根据不同时期的官方边界，多次变更归属地区（现在这栋房子被认定属于南诺伍德，但在18世纪80年代，却被划入上诺伍德）。

1894年，坐在泰尼森路12号门外的柯南·道尔（右）和同为作家的罗伯特·巴尔。两年前，巴尔写了一部福尔摩斯的仿作《夏洛·科姆布斯历险记》。（图片承蒙菲尔·康奈尔提供）

如果确实如戴维斯所说，那么这就给南诺伍德警察署是塞迪厄斯·舒尔托报案的那家警署增加了砝码，而埃瑟尔尼·琼斯在案发时就在这家警署[②]。当然这只是一种可能性而已，因为我们在下文还会提到其他竞争对手。

---

① 详情请见本书的参考作品之一，戴维斯先生的原作。

② 杰克·特雷西在他的《福尔摩斯百科全书》中，明确表示琼斯出现在南诺伍德警察署。

基尔拉沃克屋（摄于2008年），伯纳德·戴维斯认为它是真正的本地治里别墅的候选地。

南诺伍德警察署（2008年）

杰克·特雷西在《夏洛克·福尔摩斯外典》中，提出了南诺伍德和福尔摩斯以及柯南·道尔之间的另一个关联。故事发生在1898年，福尔摩斯被写“死”后五年，美国舞台剧演员威廉·吉列制作了一台夏洛克·福尔摩斯题材的舞台剧。这件事我们已经在学园剧场一节中提到过，原先柯南·道尔想自己来写剧本。该剧在美国公映前，吉列专程来到英国拜访柯南·道尔，希望能得到他的祝福。柯南·道尔来到火车站迎接吉列，吉列为了开个玩笑，故意换了一身夏洛克·福尔摩斯的穿戴。当吉列一身福尔摩斯的打扮跳下火车时，他那顶显眼的猎鹿帽当场就让柯南·道尔大吃一惊。吉列此举成功打破了双方合作的僵局，他和柯南·道尔两人也成了好朋友。

遗憾的是这个故事即使在其他方面都是真实的，也和南诺伍德没有关系。特雷西称柯南·道尔和吉列在南诺伍德车站见了面（即诺伍德枢纽车站——见下页图），但这根本不可能。柯南·道尔早在四年前就搬出南诺伍德，当时住

1905年的南诺伍德车站路，马路尽头可以看见车站。

诺伍德枢纽车站（摄于2008年）——图中景象靠近伦敦市中心。乔纳斯·奥德克就是从这里出发，搭上去伦敦桥的火车，去和约翰·赫克托·麦克法兰见面的。现在，去伦敦桥的快车从3号站台发车。

在萨里郡汉德海德附近恩德肖的新家中。离汉德海德最近的火车站位于海泽尔米尔，大约相距三英里，而这里才是柯南·道尔和吉列最可能见面的地方。

柯南·道尔从恩德肖出发去南诺伍德和吉列见面几乎完全不可能，根据在于南诺伍德和海泽尔米尔的两座车站根本就不在同一条线路上，如果柯南·道尔真这么做就不得不换乘好几趟火车。假定吉列下榻在伦敦市中心的一家酒店，那他最可能从伦敦的滑铁卢车站去海泽尔米尔。这趟旅程现在大约耗时40分钟。这一假说能得到约翰·迪克森·卡尔所作的《阿瑟·柯南·道尔爵士传》的支持。他在书中指出柯南·道尔和吉列在离恩德肖几英里的一座火车站见的面。任何质疑都能通过柯南·道尔从恩德肖发出的亲笔信得以澄清。他在

1900年诺伍德枢纽车站近景（克洛伊登地方研究图书馆提供）

露易丝·柯南·道尔（死于1906年），柯南·道尔的头两个孩子玛丽·露易丝（1889年出生）和金斯利（1892年出生）的母亲。金斯利是柯南·道尔唯一在南诺伍德出生的孩子。

信中提到吉列将会来到英国，而他希望吉列能“到这里”和他见个面。于是悬而未决的见面地点完全清楚了。

柯南·道尔的儿子金斯利在他居住于南诺伍德期间出生。他的生日是1892年11月15日，11月22日在圣马可教堂受洗。仪式由斯图亚特·亚德利主持，而柯南·道尔的收获是被列为“绅士”。儿子的全名是“阿瑟·阿雷尼·金斯利·柯南·道尔”，但一般称为金斯利。不幸的是，金斯利在1916年的索姆河战役中负伤后，染上了急性肺炎，于1917年10月逝世。

今天的南诺伍德还有几座教堂，

南诺伍德的圣马可教堂（摄于2008年）。1892年11月，柯南·道尔之子金斯利在这里受洗。

而游客可能会为圣婴教堂和柯南·道尔故居的距离比圣马可教堂更近而感到困惑。要解释金斯利为何会在圣马可教堂，而不是在圣婴教堂受洗的原因非常简单。圣婴教堂其实建于1894年至1895年间[1]。

南诺伍德最受人尊敬，也是导致柯南·道尔被当地人忽视的是另一个外地人威廉·斯坦利。他于1867年来到南诺伍德，将自己的生活投入地方建设事业，1907年创建了一所技术学院，出任校董，而且筹办建造了一座至今仍在使用的社区礼堂。因此他广受社区居民尊敬，他们在斯坦利和夫人金婚50周年之际，树立了一座钟塔，以资纪念。

---

① 出自索斯沃克教区网站，当时还根本不存在（圣马可教堂很早就在1852年建成，由G.H.刘易斯设计）。

圣马可教堂（1905）——克洛伊登地方研究图书馆提供

圣马可教堂内部（1905）——克洛伊登地方研究图书馆提供

斯坦利钟塔揭幕式（1907年）——克洛伊登地方研究图书馆提供

对斯坦利的纪念还不止这些。最近英国最知名的J．D．连锁酒吧在南诺伍德的高街开了一家加盟店，就取名“威廉·斯坦利”。连锁店的许多酒吧在店内都布置了许多图片，描绘20世纪初的当地风貌，表彰当时知名人物与社区的联系和他们取得的成就。显然，柯南·道尔并不在这些人之列[①]。

尽管地方上更推崇威廉·斯坦利的贡献，但除了柯南·道尔的故居之外，当地还是有两个地点和他有联系。从斯坦利钟塔大约步行五分钟，就会到达一条“道尔路”。这条马路原名叫“法利路”，但第二次世界大战结束后不久，

越过波特兰路的诺伍德枢纽铁路桥下，竖立的马赛克墙壁上标示着柯南·道尔的姓氏。（摄于2008年）

为了避免和三英里外的另一条法利路混淆，更改了路名。新的路名是否得自柯南·道尔还存在争议，但当地的一些资料证明确实如此。

① 作者认为在本章节写到的时代，居民们对他的忽视是有道理的。

比道尔路联系更密切的还有越过波特兰路的铁路桥下面的一座马赛克墙壁。1997年，这座马赛克墙被竖立起来，用以纪念当地的文化、农业、工业和文学风貌。

在柯南·道尔时代，南诺伍德是萨里郡的一部分，但在1965年根据1963年的《地方行政区划法案》把它正式并入大伦敦地区。如今这个地区在克洛伊登区的管辖范围内，而它被视为区里最贫困的地区之一。从这个角度来看，当地不将他们与柯南·道尔和福尔摩斯的关联因素最大化，将当地列入旅游地图的做法很奇怪。可想而知，当地居民拒绝了吸引大量游客观光的设想。但如果真以此吸引大量游客的话，会为该地区注入大量现金，而且还可能鼓励其他主流零售商向该地区投资，从而提供更多就业机会。

如今已装配马赛克外墙的斯坦利礼堂（摄于2008年）

南诺伍德道尔路的指示牌（摄于2008年）

道尔路北面一览（摄于2008年）

1890年，上诺伍德的中央山到威斯托山一览。最早的吉普西山警察署就在马路左下方。

上诺伍德最惹福尔摩斯爱好者关注的是它和《四签名》这个故事的关系。在这个被认为仅次于《巴斯克维尔的猎犬》的探案故事中，舒尔托少校和他的儿子们住在上诺伍德的本地治里别墅[①]。那里也是巴托洛缪·舒尔托被乔纳森·斯莫尔的同伙通加杀害的地方。

上诺伍德是个富庶地区，而这一带的教堂路（见下一页图片）非常受证券经纪人欢迎，因为这条路至少临近三个可以前往伦敦桥（从这里可以抵达伦敦金融城）的车站。这三个至今仍在运营的车站是吉普西山站（1856年启用）、阿纳利车站（1839年启用）和水晶宫车站（1854年启用）。

① 正如前文刚刚讨论过的，潜在的原型候选地基尔拉沃克屋现在被划入南诺伍德。

1900年上诺伍德的教堂路

人们很自然会问的是为什么舒尔托会选择上诺伍德居住。答案是他害怕别人找他报仇，所以想要选择一个便于自卫的地方居住。尽管现在看上去上诺伍德非常靠近伦敦，但当时（和南诺伍德一样）是萨里郡的一部分，直到《1963年地方行政区划法案》出台为止。18世纪80年代这里的建筑物可能比现在少得多，因此舒尔托可以购买一栋把家里所有地方都用围墙围起来的房子。故事里清楚地表明他不愿使用阿格拉的宝物，他更喜欢拥有它，而不是用来挥霍。然而尽管和他声明的相反，他也必须变卖一些财宝，来购买他的房子，支付员工薪水和用来教育儿子们（军队的养老金肯定不敷使用，而他还背着一身债）。在购买本地治里别墅后，为了获得一份能让他足以支撑家业的收入，最适合的解决办法是做一些财宝投资，然后可能就再用来进行证券投资（毕竟舒尔托本来就是个赌徒）。

这样的一项投资需要管理，也无疑会要求舒尔托不时进城处理这些事情。于是他在伦敦南面选择了一个靠近开往伦敦桥的铁路线，以便于他能够在需要的时候进城[①]。上诺伍德也是撒迪厄斯·舒尔托在发现他兄弟的尸体后，可能去报案的三座警察署中第二座警署的所在地。我们已经看过伯纳德·戴维斯关于本地治里别墅位置的推论，从而得知南诺伍德警署成为候选警署的可能性。然而如果我们选择不接受这个推论，放开讨论究竟哪个警署才是书中报案的警署（就在南诺伍德，上诺伍德和西诺伍德三个警署之中选择），就会使事情变得非常复杂。问题就出在福尔摩斯让撒迪厄斯出发去报警后和华生的对话当中。福尔摩斯告诉华生，在警察到来之前，他们有半小时时间。那么他是怎么估计出这个结果的呢?

这大概是根据撒迪厄斯往返警察署和解释发生的案情所需时间之和得出的。福尔摩斯并没有明确向撒迪厄斯指出他应该去哪家警察署报案（他简单地授意他“坐车去警署报案”），那么合乎逻辑的设想是让他去最近的警署。然而如果你放弃了早先的那个推论，你就没有直接办法确定最近的警署在哪儿。当埃瑟尔尼·琼斯督察来到现场时，他似乎已经知道大部分导致案件发生的原委（即使他根据这些线索得出了大堆不靠谱的结论）。这意味着撒迪厄斯的大部分时间都花在解释案件详情上了。那样能用于路途的时间就相当少，意味着警署离别墅很近。这并不完全符合事情经过，因为琼斯可能在来本地治里别墅的马车上询问撒迪厄斯。

《四签名》的问题告一段落，这一地区最主要的景点无疑是从海德公园搬到这里的水晶宫。水晶宫从1854年起就已对外开放，仅比柯南·道尔出生早五年而已。20年后，他在来伦敦旅行时，可能进行过实地游览。[②]

---

① 如果基尔拉沃克屋确实是本地治里别墅的原型，那里离他最近的车站是桑顿黑斯车站（1862年启用），赛尔赫斯特车站（1865年启用）和诺伍德枢纽车站（1839年启用）。而我们知道，最后那座车站是有快车的。

② 安德鲁·里塞特著《柯南·道尔——夏洛克·福尔摩斯的创造者》。

吉普西山10号。在《四签名》的时代，这里是上诺伍德警察署的所在地。（摄于2008年）

19世纪末的水晶宫

离旧吉普西山警察署不远的是伍德兰山。在这个邻近地区有一所查尔斯·查普曼开办的孤儿院。这所孤儿院能引起读者兴趣的是它曾收养的一位名叫凯特·拉塞尔的孤儿。1879年，她和乔治·图纳文·巴德（柯南·道尔最早的医务搭档）在河滨街的一个登记处注册结婚。当年才17岁的她还没到法定结婚年龄，为了举行婚礼被迫虚报了年龄。①

阿纳利就在水晶宫南面，它对福尔摩斯迷最重要的吸引力在于它曾出现在《诺伍德的建筑师》这个故事中。许多夏洛克·福尔摩斯系列故事中的地名都是柯南·道尔虚构的，而关于这些地名原型的真实所在地存在大量不同说法。然而对阿纳利却没有进行这样的模糊处理。在《诺伍德的建筑师》中，约翰·赫克托·麦克法兰到贝克街告诉福尔摩斯有关他的故事时，很清楚地说明了他前一个晚上住在阿纳利·阿姆斯旅馆。

阿纳利·阿姆斯旅馆②是众多地跨阿纳利开发区（1851年开发）和阿纳利车站开发区（1853年开发）的建筑物之一。这一地区原先由商店和一些二层式公寓组成，很快就开始成为一个商业中心。阿纳利·阿姆斯旅馆并不是那块地皮上最早开办的业务。在原先毗邻阿纳利游乐园的旅馆和茶室拆除之后，这座旅馆才建成。游乐园是个重要的休闲场所（1841年开业），除了旅馆和茶室之外，还有一座乐台和一座迷宫。游乐园还包括老克洛伊登运河的一部分，用于划船游乐。不幸的是，由于水晶宫的到来，引发了激烈的竞争，使得游乐场流失了大量游客。1868年，游乐场的设施最终全部关闭，当时茶室就被拆除，变成了现在的小旅馆③。据说《诺伍德的建筑师》设定时间为1894年④，阿纳利·阿姆斯旅馆应该就是一家相对较新的小旅馆，在麦克法兰留宿的时候，充

① 出自布莱恩·皮尤和保罗·斯皮林著《在柯南·道尔的足迹上》。

② 一件值得关注的趣事是，在杰克·特雷西著的1977年版《福尔摩斯百科全书》中，在阿纳利·阿姆斯旅馆的入口前面加了个“*”。这意味着入口是虚构的，大概特雷西当时没能查证入口的存在。

③ 出自《理想家园：聚焦郊区》。

④ 达金和克林格都认同这一年份。

其量开业不过二十六年（如果这家小旅馆在茶室拆除当年就开业的话）。

现在阿纳利·阿姆斯旅馆是一家距离水晶宫的主要零售店区较近的，相对安静的场所。除了稍有些现代特征外，旅馆的内部与它在维多利亚时代晚期的风貌有很多相似之处。由此可以想象一下维多利亚时代，这里被那些可能在等候一班火车，或者从伦敦金融城回家的路上，来喝个下班小酒的顾客占据的景象。

“西诺伍德”这个名称从1885年开始才有。之前这里一直被称为“下诺伍德”。之所以会叫这个名称原因其实很简单，因为它比其他名称带“诺伍德”的地区海拔都低。1880年，首次有人提议更改名称。改名的原因不明，但很可能是因为觉得“下”这个前缀意味着居民的档次较低，或者说生活标准次于住在上诺伍德的人。

2008年的阿纳利·阿姆斯旅馆

20世纪初，西诺伍德的诺伍德路。

更改名称并不是个受到普遍欢迎的主意。许多商家都因为在法律上要更改他们的名称所需支付的费用而反对改名。同样，由于大量写有“下诺伍德”字样的房地契需要更改，而引起一些居民反对。[①]尽管如此，改名还是继续进行。

18世纪后期，下诺伍德的全独立式住宅和别墅的数量相对还很少。这里的主要居民和南诺伍德一样，主要为劳工阶层。1854年，水晶宫搬到上诺伍德街，使这里的住房发生了翻天覆地的变化。新增人口和扩建铁路线进入下诺伍德，许多旧住宅随之被拆除，改建为新居和半独立住宅，同一块地皮就可以容纳更多人口。[②]实际上，水晶宫的迁入，使上下诺伍德的条件都大为改善，1851年至1901年间人口增长了十倍，这两个地区都得到了相应的自来水和煤气供应，使它具备必要的基础设施，吸引企业投资。而在这之前，下诺伍德的供水

---

① J. B · 威尔逊著《诺伍德的故事》。

② 来自在线英国史。

都要依靠泉水和井水。

每当柯南·道尔从南诺伍德前往伦敦的时候，这一带都是必经之地。他在最终定居泰尼森路之前，可能在这一带居住过并非是不合理的假设。他对这一地区的了解无论到达什么程度，都肯定对他的创作有所启发。

在《诺伍德的建筑师》中，乔纳斯·奥德克住在下诺伍德，他在他家里约约翰·赫克托·麦克法兰见面，而这是他陷害后者并谋杀他的一部分。值得一提的一件怪事是，在整个故事当中，提到的都是“下诺伍德”这个地名。而在这则故事发表的时候，这一地区已经改名为“西诺伍德”很多年了。[①]

如我们在书中所见，奥德克从南诺伍德乘火车到了伦敦。这是根据福尔摩斯关于奥德克的手写遗嘱草稿是在一列快速列车上写的推理推导出来的（因为在南诺伍德只有诺伍德枢纽车站有快车）。然而我们这里要问他为什么这样做。1856年，西诺伍德建成了自己的火车站，而原先它确实是发车到维多利亚车站的。因此，在这个前提下，奥德克到伦敦桥的最便利方式应该是从南诺伍德乘火车。然而，根据《1897年皇家英格兰和威尔士地图集》，可以从西诺伍德乘车到伦敦桥。这确实会花更多时间，还要换几次车，但火车能到伦敦桥。所以唯一去南诺伍德搭火车的原因就是能搭一列停留站点较少的快车（实际上去伦敦桥中途只在新十字车站停一次车）。

这样一来，有人就会问，奥德克何必这么着急？无疑对他那恶毒的计划来说，事先乘一趟时间稍长些的火车，可以让他有更多时间来起草他那份臭名昭著的遗嘱。可能柯南·道尔在书中那样写，纯粹是为了设定一个让福尔摩斯后来进行演绎推理的场景吧。

---

① 根据多种资料可知故事设定时间为1894年，发表于1903年。这两个年份都在当地改名为“西诺伍德”以后多年。这是柯南·道尔第二个创意得自朋友伯特拉姆·弗莱彻·罗宾逊的故事（见利物浦街车站一节）。正如我们所见，使用指纹蜡膜印来充当恶意陷害某人手段的构思出自罗宾逊。然而有人会问，柯南·道尔为什么会在这个时候向他购买这个构思呢？当他购买这个构思时，福尔摩斯已经“葬身”在莱辛巴赫瀑布八年了，而当时还没有计划让他“复活”。所以为何柯南·道尔要购买这样一个其实只适合用于罪案小说的构思呢？这可能意味着他已经认真地考虑过让福尔摩斯回归，抑或他可能有写作一部非福尔摩斯故事的想法，而在这个故事当中可以用到这个构思。

在柯南·道尔生活的时代，西诺伍德最著名（或者从某种意义上来说最恶名昭彰）的居民是海勒姆·史蒂文斯·马克沁爵士（1840—1916）。1883年至1885年间，他发明了以他名字命名的机关枪。马克沁原先是美国人，后来成为大不列颠的臣民，而他就是在西诺伍德的家中进一步完善了他的发明。最初，他发明的机枪被美国军方拒绝，而后来却大受英军欢迎。随后马克沁机枪被出售到其他欧洲国家，而且在第一次世界大战期间发挥了它那强大而可怕的威

1912年的海勒姆·史蒂文斯·马克沁爵士

力。马克沁逝世后，葬于西诺伍德公墓[1]。

西诺伍德也是《四签名》中，撒迪厄斯·舒尔托报案的三个候选警署中最后一个的所在地。这个警署距离伦敦最近，而对它有利的主要证据来自埃瑟尔尼·琼斯。当琼斯来到本地治里别墅的案发现场时，他提到他为了另一件案子正好“在诺伍德”。而实际上只有西诺伍德经常被人省略前缀，直接称为“诺伍德”。当然还有另一种解释，就是琼斯只是为图省事，把几个诺伍德地区并入一个名称罢了。

① 在诺伍德社区。

克洛伊登

克洛伊登建在古代撒克逊人定居区的遗址上。在中世纪，这里是木炭制造、皮革和酿酒业中心。几个世纪以后，这里也是世界上第一条马拉铁路的起点，这条马拉铁路是用来和旺兹沃思往返运送货物的。后来随着时间的推移，马拉铁路发展成一种重要的交通工具，促使克洛伊登成为进入伦敦的通勤市镇。

18世纪末和19世纪初，布莱顿的人口增长迅速（这大部分要多谢当时的摄政王——后来的英王乔治四世），使得克洛伊登成为从伦敦前往布莱顿海岸的一个重要驿站集结地。1839年，克洛伊登的对外交通联系随着伦敦和它之间的铁路投入运营变得更加发达。铁路从西克洛伊登车站直通伦敦桥。这使得克洛伊登在维多利亚时代，成为吸引中产阶级的地方，他们中的不少人都搬迁到这个能迅速进入伦敦市区的郊区居住。18世纪80年代后期，从克洛伊登到达伦敦市区大约耗时在十五到二十分钟之间，和今天已经没多大差别。这条铁路带给克洛伊登的迅速膨胀的人口也引发了一系列问题。市镇旧城区过于拥挤，造成了一系列公共卫生问题。这些问题引起巨大关注，1849年，克洛伊登设立了一个地方卫生机构，负责进行下水道建设，并且修建了一座水库。克洛伊登是第一批拥有这样一个地方环境卫生机构的市镇之一。

1860年，通往伦敦维多利亚车站的铁路开通，但这是一条非常次要的线路。当时西伦敦是个娱乐休闲区，而不是一个办公区。这种情况一直到20世纪初才改变。在星期天上午，各铁路公司都会进行一种“礼拜暂停”。在这个时间段，没有任何火车开动。这是为了让人们在这个应该在教堂做礼拜的时间段不要外出旅行。

现在从南诺伍德乘汽车去克洛伊登大约需要十五分钟，而当柯南·道尔1891年到1894年在南诺伍德的泰尼森路生活时期，很可能游览过克洛伊登。我们能肯定的是，夏洛克·福尔摩斯系列故事之一《硬纸盒子》大部分场景都设定在克洛伊登。这个故事源于一次误寄，一位苏珊·库辛小姐收到了一个盒子，里面装着两只新割下不久的人耳。这位小姐被设定居住在一条“十字街”上，但当地并没有一条叫这个名字的马路。然而那里有一条“十字路”，这很

1996年克洛伊登的“十字路”街景（克洛伊登地方研究图书馆提供）

可能就是柯南·道尔所指的那条马路。

如果柯南·道尔所指的确实是这条马路，那么就能找到福尔摩斯和华生为了去见雷斯垂德督察和库辛小姐，曾到过的那座克洛伊登的火车站。

学者们普遍认为《硬纸盒子》设定发生于1888年（1893年发表）。当时克洛伊登邻近十字路的火车站有两个——西克洛伊登车站和东克洛伊登车站（1841年7月12日启用）。现在的地图上清楚地表明，后者离十字路更近。今天从伦敦到东克洛伊登有相当数量的快速列车，在它们向南开的路上，只停靠一到两站。我们在提到诺伍德枢纽车站时，已经知道19世纪晚期，两地的情况非常相似。我们了解福尔摩斯不是一个肯浪费时间的人，因此能合理地确定他和华生是乘快车去那座车站的。如果我们再加上故事提到的从火车站到库辛小姐家要“步行五分钟”这个条件，那么“十字路”就是故事中的“十字街”将更有可能。

一辆货车进入东克洛伊登车站（1909年）。这张照片很大程度上表现了福尔摩斯和华生在到达克洛伊登时能看到的情景，由克洛伊登地方研究图书馆提供。

东克洛伊登车站（摄于2008年）

1905年，即《硬纸盒子》在《河滨》杂志发表十三年后的东克洛伊登车站。直到1990年重建之前，车站主建筑基本都保持原貌不变。（克洛伊登地方研究图书馆提供）

运动健将柯南·道尔和拳击手福尔摩斯

阿瑟·柯南·道尔在一所耶稣会寄宿学校接受教育。他直言不讳的秉性和好奇心没能让他受到教师们的欢迎。这段生活对柯南·道尔来说相当困难，好在学校里能参加很多体育活动，使他能够从中找到乐趣。柯南·道尔是个天生的运动员，他广泛参与足球、曲棍球、游泳和橄榄球等多个运动项目。

斯托尼赫斯特这所耶稣会学校，也有一些自己发明的运动项目。如类似捉人游戏的“陷阱”，还有有些像垒球的“猫”。

福尔摩斯迷都知道，柯南·道尔在成为作家之前，曾是一名医生。1880年他曾经在一艘捕鲸船上，做过外科船医。而柯南·道尔在航程中的行李之一，是一副拳击手套。船上的乘务员杰克·兰伯在柯南·道尔整理服装时，注意到了这副手套。于是兰伯立即向他提出挑战，进行一场拳击对抗赛。比赛结束后，兰伯立即说道：“哦，救救我吧，他真是我们所拥有过的最好的外科医生，把我的眼睛都打得睁不开了！”

柯南·道尔坚信，拳击是一种“男子汉的艺术”。阿里斯泰尔·邓肯先生在正文中提到过，1896年，柯南·道尔发表过拳击题材的小说《罗德尼·斯通》，并曾于1910年将它搬上舞台。实际上柯南·道尔涉及拳击题材的中短篇小说还有《克罗克斯利大师》、《鹰桥勋爵》和《布罗卡斯庄园的打手》。

在《克罗克斯利大师》一篇中，有一句话颇能体现柯南·道尔对拳击运动的理解：“他可以由于缺乏技巧或力量失败，但在他忧郁的灵魂深处，发誓绝不会因为缺乏信念而失败。”

1882年，柯南·道尔在朴茨茅斯开设诊所。他初来乍到，要找到新患者很困难。经济上的压力要求他必须尽快找到新患者！该怎么办呢？他给自己制定了一项社交计划，希望能够借此寻找门路——病人和合作伙伴。换句话说，他开始编织自己的社交网络了。就像他在半自传体小说《斯塔克·门罗的信件》中曾说的那样：

首先，我认识到一个事实，那就是我可以和任何其他已经开始耳语的人窃窃私语。我已经这么做了，无非就是一个陌生人在一群陌生人里做的那样。不要以为业务会自动来找你。你必须走出去找它。你可以在你诊所的椅子上一直枯坐到它开裂为止，但没有人光顾或来合作，你收获会很少，或者干脆毫无进展。办法就是走出去，到处和别人混熟，让他们知道有你这个人存在。

为了拓展社交网络，扩大交际圈，柯南·道尔加入了很多各种类型的俱乐部和组织，包括他一直热衷的体育俱乐部。他加入了"南海保龄球俱乐部"、"朴茨茅斯板球俱乐部"，而且还参与组建朴茨茅斯足球俱乐部。

柯南·道尔对冬季运动项目也不陌生。1893年，当柯南·道尔和他的第一任妻子露易丝来到瑞士的时候，滑雪对他来说几乎还是未知项目。柯南·道尔曾经在挪威见过滑雪，酷爱运动的他到了瑞士，就认为在这个国家，滑雪是最适合不过的运动。尽管他是个天生的运动员，但学习滑雪也绝非易事。后来他这样说道："任何人如果自尊心过剩的话，一个教程的滑雪课将会起到良好的精神治疗作用。"

柯南·道尔学会滑雪以后预言："以后，在滑雪季节，会有数以百计的英国人来到瑞士。"至少有部分原因是由于他在英国对这项运动进行的积极推广，这个预言后来果然成真了。

邓肯先生在正文中提到过，柯南·道尔1903年购买了自己的第一辆轿车。他是英国最早开汽车的人之一，实际上他在购买这种新鲜的时髦大物件时，还根本不会驾驶。不过天生的运动员柯南·道尔要学会开车并非难事，第一次开车，他就直接从汽车销售商那里把车一路开回相距275公里的家中。

1911年，柯南·道尔参加了普鲁士亲王亨利（1862—1929）（德皇腓特烈三世第三子，威廉二世皇帝的弟弟，其母是英国维多利亚女王的维多利亚长公主，长期在德国海军服役。德国在一战中战败后不久，帝制被推翻，亨利亲王携家人前往石勒苏益格—荷尔斯泰因隐居，直至1929年因喉癌逝世。）组织的国际公路汽车赛。这项名为“亨利亲王公路赛”的赛事旨在检验英国汽车和德国汽车的质量。路线从德国的汉堡直达伦敦。柯南·道尔和他的第二任妻子珍一同组成了英国的一支参赛队，参加了这次大赛。

1914年，柯南·道尔第二次访问美国。爱好运动的他自然不会错过这期间的精彩棒球赛事，观看了一场老牌强队纽约扬基队主场对费城竞技队的比赛。柯南·道尔非常喜欢这场比赛，而他很快就形成了自己对职业体育的一些看法。他说“最有钱的老板会拥有最好的球队”，而“球员和他效力的地方之间并没有必然联系”。

柯南·道尔也非常喜欢高尔夫球，任何可以打高尔夫的地方他都不会放过。由于他能去世界各地旅行，使他能够在许多不同的时间和条件下打高尔夫。而有时当地的条件并不那么适合进行这项运动。

在瑞士，当地的奶牛对他自己建造的高尔夫球场是个不小的威胁。它们会撞倒果岭上的旗帜。这还不算完，有时它们甚至会把旗帜给吃掉。

1894年，柯南·道尔初次去美国旅行时，鲁德亚德·吉卜林邀请他去佛蒙特州待上几天。柯南·道尔在逗留期间，找到几家高尔夫俱乐部，而且给吉卜林提供了一些指点。柯南·道尔说他们在打高尔夫时，“新英格兰的美国乡下人看见我们从远方走来，都不知道我们究竟在地里干什么。”

1895年，柯南·道尔在埃及旅行时，就在他住的旅馆附近打高尔夫。他对这次经历打趣道：“如果你在那里将球击出很远，没准儿会在拉美西斯和老图特摩斯（均为古埃及法老）坟墓的沙坑里找到它。”

1910年，柯南·道尔还出任过克罗伯勒灯塔高尔夫俱乐部的队长，而他妻子下一年也出任俱乐部女队队长。

板球也是柯南·道尔从少年时代就非常钟爱的一项运动。他甚至还曾经在一个由作家和戏剧界人士组成的名人板球队里打过球。当时他的队友包括詹姆斯·巴里和A．E．W．梅森（小说《四根羽毛》的作者）。他们给这支球队起了个“安拉-阿卡巴里”的怪名，这是用巴里的姓氏和阿拉伯词汇一起组成的队名，意思是“求主保佑我们。”

柯南·道尔一生酷爱运动，他说：“收获与付出，胜不骄败不馁，与困境搏斗，在某一比分咬牙坚持，给予你的对手应得的荣誉，了解朋友们的价值——这些是真正的运动能够传授的人生课题。”

柯南·道尔本人如此热衷体育运动，在他最著名的作品《福尔摩斯》系列当中，自然会不时提到他所热爱的体育项目，足球、板球、高尔夫等球类项目都曾被提及，但都只有一两处而已，在故事中出现最多的还是拳击这项他最钟爱的运动。

《血字的研究中》中，柯南·道尔借华生医生曾经做过的一份记录表指出，福尔摩斯擅长拳击和击剑两项运动。尽管在故事当中我们无缘直接或间接领略福尔摩斯挥剑的英姿，但会多次看到他本人提到拳击这项运动，而他确实是个曾参加过拳击赛的业余拳手。

在《四签名》中，当福尔摩斯一行跟随塞迪厄斯·舒尔托来到舒尔托家的樱沼别墅时，遇到主人雇佣的拳击手保镖麦克默多挡驾。福尔摩斯向麦克默多提起了两人四年前在埃里森拳击场进行的一场拳赛。拳击手立即认出了他，而且颇为惋惜地称赞福尔摩斯拥有拳击天赋，如果坚持下去的话，将成为一位前途无量的拳手。随后，麦克默多立即让他们进入别墅。

麦克默多这个姓氏在《恐怖谷》当中也出现过。这一次是波尔蒂·爱德华，也就是来到英国后改名约翰·道格拉斯的伯尔斯通庄园主人，二十年前在美国为破获“死酷党”黑帮使用的化名。有趣的是这位“麦克默多”也是一位拳击高手，在黑帮酒吧里参加了一场“自由式”拳击赛，迅速击败了他的对手。同一篇作品在描述塞西尔·巴克的相貌时，形容他的脸型“像一个职业拳击手”。

在《黄面人》中，华生提到福尔摩斯在同一级别当中，是他见过的最优秀的拳击手。而在《孤身骑车人》中，确确实实提到福尔摩斯在一座乡村酒店里和反派恶棍、红胡子伍德利较量了一回拳术。福尔摩斯的嘴唇破了，额头上青肿了一大块，不过据说暴徒伍德利被打得更惨。如果伍德利不是一个更为优秀的拳手的话，大侦探的自述应当是可信的。

《“格洛里亚·斯科特”号三桅帆船》一文中提到，福尔摩斯大学时代的唯一好友维克托·特雷佛的父亲老特雷佛年轻时经常参加拳击赛。《三角墙山庄》中，开篇上门恐吓福尔摩斯的黑人暴徒史蒂夫·迪克西也是个拳击手。《肖斯科姆别墅》中的罗伯特·诺伯顿爵士也是个业余拳击手。《王冠宝石案》中的萨姆·莫尔顿被大侦探形容是“一条大个的长着大头的傻鲄鱼”，而他也是个拳击手。

而福尔摩斯系列故事的最终篇《最后的致意》中，福尔摩斯最后的对手，德国间谍冯·波克也是个运动健将，而他擅长的运动项目之一也有拳击，还曾和几位英国军官比试过。

柯南·道尔的船医经历

1880年初，克劳德·奥古斯特斯·库里埃打算去进行人生当中的一次冒险。他计划去一艘捕鲸船担任船上的外科医生。但在最后一刻，他还是没能去成，于是他找来一个同学代替自己。而那个代替他的同学就是阿瑟·柯南·道尔。

柯南·道尔在和格陵兰捕鲸船“希望”号签订随船外科医生工作合同时，刚刚结束他在医学院的第三个学年。

“希望”号计划在格陵兰外海巡弋两个月，捕猎海豹，然后北上寻鲸。鲸鱼油可以用于制造肥皂和润滑油，而鲸须、鲸嘴里的长骨板可以用来制作包括厨房用具和紧身胸衣衣托在内的许多产品。

前篇中提到过，柯南·道尔带上船的行李当中包括一副拳击手套，他在爱丁堡曾经进行过专业拳击训练。乘务员杰克·兰伯发现这副手套后，和他进行了一场拳赛，结果被打得鼻青脸肿。

在这次航行途中，柯南·道尔很少有机会施展医术。而他最主要的工作反而是调解其他船员之间的武斗和维护船长约翰·格雷的权威。

霍普号一共携载8艘捕鲸艇。通常在捕鲸时使用7艘艇，留1艘备用。当发现一条鲸时，几艘捕鲸艇就会出动。当他们进入射程时，会用发射器射出鱼叉。鱼叉的系绳很长，绳圈非常结实。这种鱼叉很少能直接杀死鲸鱼，那巨大的哺乳动物会负痛拖着鱼叉和捕鲸艇试图逃跑。其他捕鲸艇会一起跟上，直到鲸鱼筋疲力尽，终于被杀死为止。最后大家会把鲸鱼的尸体拖回捕鲸船上加工。

通常在一条捕鲸船上，像柯南·道尔这样的“闲人”，是不能像水手们那样去参加猎鲸行动的。然而柯南·道尔和其他闲人都不愿无所事事，自告奋勇去操作另一艘备用的捕鲸艇。柯南·道尔很快就掌握了捕鲸的专业技术，以至于“希望”号船长提出，如果在下一次航程中，他愿意担任一名鱼叉手兼船医的话，可以付他双倍的薪水。虽然捕鲸船上的生活很刺激，但毕竟是一份危险的职业，于是柯南·道尔拒绝了船长的邀请。

实际上，在这次航程之中，柯南·道尔不止一次遇险。有一次他和船员们一起去一片浮冰捕猎海豹，意外从冰上滑落，掉进了冰冷的海水。没有人看到他落水，他最初也无法靠自己脱险。幸运的是，他还记得在他落水之前捕获的海豹。他浮出水面，设法抓住死海豹的鳍。柯南·道尔利用死海豹的尸体当做杠杆，终于设法从水中攀上了冰层，后来被同伴发现，捡回了一条命。

还有一次，柯南·道尔和同伴们一起在一艘捕鲸艇上，在一条鲸鱼已经被一条系绳鱼叉打成重伤后，靠上去想把它杀死。这时候，负伤的巨大哺乳动物将侧鳍露出水面，准备向那艘捕鲸艇反击。包括柯南·道尔在内，艇上一共有6个人，如果巨大的侧鳍真落到艇上，冲击力一定会把这艘艇打沉。幸运的是，他们临危不乱，在受到伤害之前就移动了位置。

1880年9月，“希望”号返回英国本土。后来柯南·道尔提到自己在捕鲸船上的经历，会自豪地告诉别人：“那一年我到过北纬80度的北极圈。”

福尔摩斯故事与阿富汗

1887年，阿瑟·柯南·道尔在他创作的第一个福尔摩斯故事——《血字的研究》中，设定华生医生刚刚参加过1878年到1880年的阿富汗战争，在迈旺德战役中负伤，后来乘坐运兵船“奥伦特斯”号回国。随后就是所有福尔摩斯迷难以忘怀的场景，福尔摩斯和华生医生在医院化验室的初次见面。福尔摩斯在和华生致意的时候，留下了这句侦探小说历史上的名言：“你好。我看得出来，你在阿富汗待过。”

对很多当代读者来说，可能在这个故事的开头部分，才第一次听说迈旺德这个地名，甚至可能是第一次知道曾经在那个年代发生过第二次阿富汗战争，而且有不少人会认为这些都属于小说的虚构。然而，对于少数对维多利亚时代感兴趣的读者来说，根据柯南·道尔在书中的这番叙述，了解这段历史背景也是一件有趣的事。

华生在被分配到诺森伯兰第五燧发枪团出任助理军医后，很快就去该团在印度的驻地孟买，就在他赶到部队报到以前，第二次阿富汗战争已经爆发，这个团被派往阿富汗战场。他被送到坎大哈和部队会合，后来配属给伯克希尔团，和他们一起卷入迈旺德的混战，被一颗捷泽尔土枪的子弹打伤。随后华生的回忆按照先后次序是，随从莫雷设法让他脱险，他随部队撤退，后来在白沙瓦逐渐康复，但又发起了高烧，之后乘坐“奥伦特斯”号运兵船回到伦敦，然后在那里寻找可以长期居住的住房，打算就业。

如果我们细究一下真实的历史事件，然后和小说虚构的部分进行对比，就会发现非常有趣的事情。

我们很快会发现，故事中的叙述与历史事实还是存在差异的。华生不可能在坎大哈和第五燧发枪团会合，因为那个团从未在那里驻扎过。这个团是白沙瓦谷地驻军的一部，后来在开伯尔山口、巴扎谷、兰迪山口和贾拉拉巴德执行任务，而这些地方都位于阿富汗北部，距离坎大哈较远。对他来说更为实际的是，在孟买就加入伯克希尔第六十六团。而加入六十六团以后，他不会马上进入阿富汗。直到一年多以后，1880年初，这个团才会调入坎大哈南城。

或许并不令人意外的是，别名皇家伯克希尔团的六十六团当时没有一个姓“莫雷”的人，但我们会发现确实有一个姓氏相近的“亨利·莫莱尔”二等兵，不幸于1880年7月27日在迈旺德战死。当然，莫雷是华生的随从，不一定是个军人。然后让我们继续在第五燧发枪团进行这个姓名对照游戏，我们发现这个团有一名J．莫雷二等兵，同时有四名华生二等兵。配属燧发枪团的外科医是W．L．格宾斯，他当时出任开伯尔前线的军医官。而六十六团的医护人员由外科医亚历山大·F．普雷斯顿少校指挥。普雷斯顿部下有一位拉蒂默·沃伦医务中士，和他一同在迈旺德负伤，在同一场战役中负伤的有一名马克·华生二等兵，还有两位姓福尔摩斯的二等兵。

那么有没有真实参加过第二次阿富汗战争的华生军医呢？确实有，而且不止一个。G．A．华生是孟加拉第十九枪骑兵团准将军医官，他在战争中幸存下来。而军医乔治·华生就不那么走运了。他最初配属皇家炮兵，参与对阿里清真寺的进攻。在第二次战役期间，他在孟加拉第十三枪骑兵团服役，一连串的高烧使他的身体垮了，最后他于7月25日在佩沃山口离世。而2天以后，就发生了迈旺德苦战。

如果把范围再扩大一点，当时驻扎喀布尔的罗伯茨将军部下有一位M．P．莫里亚蒂中校，掌管当地的财政。

书中的华生在迈旺德幸免于难之后，在白沙瓦感染了严重的伤寒，身体消耗非常厉害，然后乘坐“奥伦特斯”号运兵船回到英国的朴茨茅斯港。真实的“奥伦特斯”号确实是负责将阿富汗战争中的伤兵送回本土的运兵船之一，而且其中有一些伤兵还确实最终在朴茨茅斯南海区“榆树林”地区柯南·道尔的诊所进行过外科手术。柯南·道尔的这个诊所从1882年一直开办到1890年为止。

最后回到《血字的研究》一书中，看看夏洛克·福尔摩斯是怎么会知道华生在阿富汗待过的。后来，福尔摩斯告诉华生：“我一看就知道你是从阿富汗回来的。由于长期形成的习惯，一系列思索飞似地掠过我的脑海，因此在我得出结论时，竟然没能觉察得出结论经过的步骤。但是，这中间还是有一定步骤的。我对这件事的推理过程是这样的：‘这位绅士拥有医务工作者的风度，但却有一副军人气概。那很明显他是个军医。他刚从热带回来，因为他脸色黝黑，但是，从他手腕的皮肤黑白分明这一点看来，并不是他原来的肤色。他面容憔悴，很清楚地说明他久病初愈而又历尽艰辛。他左臂受过伤，现在行动起来还有些僵硬不便。试问，一个英国军医在热带地区历尽艰苦，而且臂部负过伤，这能在什么地方呢？自然只有阿富汗了。’这一连串的思考历时不到一秒钟，因此我便脱口说出你是从阿富汗来的，你当时还很惊讶。”

严格对照地理和历史知识的话，福尔摩斯的这段推理其实还不够严谨。事实上，阿富汗尽管气候炎热，但并不是真正意义上的热带地区，而根据华生医生的这些特征，也完全可以认为他参加过1879年1月到7月间，英国在南非和祖鲁王国进行的祖鲁战争。

柯南·道尔与乔治·爱德杰一案

塑造世界侦探文学史上最著名的大侦探之一夏洛克·福尔摩斯的阿瑟·柯南·道尔本人是否在现实生活中介入过真实案件呢？答案是有的，而且不止一次。

1907年1月，柯南·道尔走进一家酒店的大厅。他要在这里见一个试图还自己清白的人。柯南·道尔走进大厅的第一刻就发现了自己要找的人——乔治·爱德杰。一瞬间，柯南·道尔已经认定曾在狱中服刑三年的爱德杰是无辜的。

乔治·爱德杰在伯明翰西北的大威尔利长大。他的父亲是一位印度帕西人（南亚次大陆一个信奉梭罗亚斯德教的民族），后来皈依英国国教，成为一名牧师。爱德杰牧师与一位英国女子结婚后，生了三个孩子，其中一个就是乔治。

由于特殊的家庭背景，爱德杰一家经常遭遇种族歧视，有人给他们家起绰号，也有人恶作剧捉弄他们。1888年，他们家收到过匿名的恐吓信。后来爱德杰家的一个仆人承认是他由于对主人不满，而发送这些信件的。

而从1892年开始，爱德杰家又收到了一系列新的信件。这一次，16岁的乔治被指控是违反当地法律的罪魁祸首。然而那时乔治还是一个沃尔索尔文法学校的学生，在学校里品学兼优，表现出色。这些对乔治的指控完全是捕风捉影。很快这些信就没有了下文，结果又有传闻说是乔治自己写了这些信。过了一段时间后，此事不了了之。

1903年，大威尔利地区发生了更加令人不安的事情。当地的很多羊、牛和马被人杀害了。有人在深更半夜在这些牲畜的胃部留下长而浅的切口，使他们流血而死。

匿名信又出现了。这些信件嘲笑警方，而且指名道姓，声称乔治·爱德杰就是犯下这些丑恶罪行的幕后黑手。

这时，爱德杰已经是一名成功的律师了，尽管由于种族和流言的影响，他看上去没有多少朋友，而且最糟的是，当时没有人可以算得上是他的朋友。

后来当地司法当局收集了证据，进行了审判，牧师之子，前律师乔治·爱德杰被判有罪，处以七年苦役。

并非所有人都认为这样的审判是在伸张正义和主持公平。有人组织请愿活动，抗议对爱德杰一案的审判结果，要求释放他。前后有一万人在请愿书上签名。由于公众压力，服刑三年后，爱德杰被释放。当局并没有给出释放他的理由，他没能恢复名誉，也没有为三年牢狱获得任何补偿。

爱德杰为重获自由欢欣鼓舞的同时，发现他由于这起案件不能再重操律师职业。他认为他应该为他无辜蒙冤和因此承受的一切得到一些补偿。由于爱德杰无法通过法律途径实现自己的诉求，于是将他的案子诉诸媒体。后来他发表了关于全部事实经过的声明。

柯南·道尔了解了爱德杰一案的案情，痛感法律不公。1906年12月，他开始调查此案，然后发现一切都印证了他最初的感觉，这根本就是一起欲加之罪的冤案。

柯南·道尔在回顾了所有事实后，认为压倒性的证据显示，爱德杰是无辜的。在爱德杰家发现的物证——带血的剃刀，后来被发现锈迹斑斑。而那位认定爱德杰的笔迹与恐吓信一致的笔迹鉴定专家被发现在另一起案子当中出现严重失误，导致一个无辜的人被定罪。在乔治的靴子上发现的泥土和最后一起案件发生地的土质不同。在爱德杰被逮捕起诉后，杀害牲畜和发恐吓信的事件仍在继续。

而柯南·道尔在和爱德杰会面的时候，收集了最后一项证据。柯南·道尔说："他已经先来到我预约的那家旅馆等候，但我却迟到了，而他就阅读报纸打发这段时间。我通过他那张黝黑的脸认出了他，然后就那样站着观察了他一会儿。他的眼睛离报纸非常近，而且眯得非常厉害，这证明他不仅高度近视，而且明显散光。这样一个人能在夜间搜索道路，还要在袭击牲口的同时避免监视和警戒的警察简直是个笑话……也就是说，以这样一个身体缺陷，就有把握证明他的清白……"

柯南·道尔给《每日电讯报》写了一系列关于爱德杰案件的文章。他罗列了非常详细的细节。这些文章使公众瞩目，引起英国政府关注。当时还没有复审程序，于是为这起案件组成了一个调查委员会。1907年春，委员会裁定，在杀害牲畜这一点上，爱德杰是无辜的，但仍认定他写了那些恐吓信。

柯南·道尔没有发现更多证据去证明所有爱德杰曾背负的罪名都是莫须有的，但委员会的裁决在很大程度上改变了爱德杰的处境。法律界重新接纳了爱德杰，他终于能够再度成为一名律师。

尤其值得一提的是，由于这一案件，1907年，英国成立了刑事上诉法院。所以柯南·道尔不仅帮助乔治·爱德杰在很大程度上洗清了不白之冤，而且他还为英国建立起一种纠正其他冤假错案的机制做出了贡献。

柯南·道尔与奥斯卡·斯莱特一案

乔治·爱德杰一案过去之后，又一起案件引起了柯南·道尔的注意。

1925年，威廉·戈登在苏格兰的彼得海德监狱被释放。当时当局并不知道戈登偷带出一份从狱友奥斯卡·斯莱特那里得到的密信。这封密信被写在防水纸上，藏在戈登的舌头下面，被带出了监狱，内容是为了寻求帮助。斯莱特嘱咐戈登，只有阿瑟·柯南·道尔爵士能帮助他。

多年以前，柯南·道尔就已经听说过奥斯卡·斯莱特这个名字。当斯莱特因玛丽安·吉尔克里斯特谋杀案被判死刑时，他就已经知道这件案子。

1908年12月21日，这起谋杀案在格拉斯哥发生。高龄独身女士玛丽安·吉尔克里斯特小姐的唯一仆人海伦·兰比为了取报纸，离开了她的雇主几分钟。不久，住在吉尔克里斯特公寓楼下的阿瑟·亚当斯说他和他的姐妹们听见天花板上有三声响动。亚当斯觉得吉尔克里斯特小姐需要帮助，于是上楼去拜访。他到吉尔克里斯特家门口按了门铃。尽管没有人开门，但他听到公寓里有动静。他回到楼下，但他的姐妹们催促他再回去看个究竟。他回到吉尔克里斯特家门前时，正好遇上取报纸回来的海伦。大约在这个时候，他们发现大楼的走廊里有一个男人。不过这并没有让他们觉得有什么不寻常，也许是公寓楼的另一个租客或者访客。亚当斯告诉海伦刚才都发生了什么，然后两人一起走进公寓。

他们两人惊恐地发现吉尔克里斯特小姐被人用棍棒打死。她的私人文件和一枚钻石胸针都被盗走了。

这起残酷的谋杀案激起了公众的义愤。警方和公众都希望能尽快破获此案，将凶手绳之以法。五天之内，警方就宣布他们找到一名叫做奥斯卡·斯莱特的嫌疑犯。

乍看之下，警方找对了凶手。斯莱特住在吉尔克里斯特小姐家附近。警方一直都知道他在从事非法赌博活动。他最近刚刚典当了一枚钻石胸针。更重要的是，在谋杀案发生后不久，斯莱特就匿名出国。

后来斯莱特在美国被发现。而他知道他在英国国内受到指控以后，当即想要回国。他确信可以证明自己是清白的。

他典当掉的那枚胸针和吉尔克里斯特小姐被盗的胸针式样不匹配。他也有目击证人证明案发时他所在的地点。

警方对斯莱特提供的证据不为所动。他们认定他就是凶手。除了斯莱特的犯罪记录外，警方也有目击证人作证。在经过当局的指示以后，包括海伦·兰比在内的这些证人，都确信他们看到斯莱特离开犯罪现场。而警方相信，他们在斯莱特身上发现的小锤子，就是谋杀吉尔克里斯特小姐的凶器。

1909年，吉尔克里斯特谋杀案进行了审理。尽管关于奥斯卡·斯莱特的证据有相互矛盾之处，但他还是被判谋杀罪名成立，并被判处死刑。斯莱特的律师起草了一份请愿书，呼吁从轻发落。在执行死刑前两天，斯莱特被改判终身苦役监禁。

斯莱特的律师也联系过阿瑟·柯南·道尔爵士。虽然柯南·道尔不认同斯莱特的生活方式，但很明显，他并非杀害玛丽安·吉尔克里斯特小姐的凶手。1912年，柯南·道尔发表了《奥斯卡·斯莱特案件》一文。在对审判中列举的证据进行逐条检验之后，柯南·道尔指出斯莱特并不是凶手。

例如，柯南·道尔解释说，斯莱特用化名出国，是因为他和他的情妇一起去旅行。他这样做不是为了避免警方追捕，而是为了隐瞒妻子的暗中调查。同时还有一个事实是，斯莱特身上的小锤子不够大，不能造成吉尔克里斯特小姐身上出现的多处创伤。柯南·道尔又指出，法医在犯罪现场找到的那把沾满血的大椅子，看上去才更像是杀人凶器。

柯南·道尔还认为，按照当时的情形，吉尔克里斯特小姐是亲手为杀害他的凶手开门的。他据此推测，这说明他认识凶手。而尽管吉尔克里斯特小姐和奥斯卡·斯莱特住得很近，但他们从来没见过面。

柯南·道尔的文章引发了一些重审此案的请求。但当局称没有证据证明此案有重审的必要。1914年，更多人呼吁重审。新证据也逐步出现。另一位能证明斯莱特在案发期间不在现场的目击证人出现。另外，据了解，在海伦·兰比指认斯莱特是他案发当天在走廊上看见的人之前，他向警方提供的是另一个人的名字。而令人难以置信的是，政府对此完全置之不理。

柯南·道尔简直出离愤怒了：“所谓没有新证据去推翻此案的说法是不可理解的。在我看来，整个案件就是政府无能和固执己见到达极致的表现。而这起案件将因此在犯罪史上不朽。”

多年以来，柯南·道尔一直都在为奥斯卡·斯莱特受到的不公正待遇大声疾呼。然而他的努力却一直没有成功。1925年，他收到了戈登从彼得海德监狱带来的信件。奥斯卡·斯莱特没有提供任何新的证据，这则信件只是一个已经绝望的人在乞求公平。他恳求柯南·道尔不要忘记他，试着再次帮助他获得自由。

柯南·道尔不可能忽视斯莱特发自肺腑的衷心请求。他用自己的亲笔信发动新一轮行动。他写信给他那些有影响力的朋友、媒体和苏格兰事务大臣。他举办公众集会，开始集合其他志同道合的人。柯南·道尔的行动在逐渐积聚能量。转折点在1927年终于出现，当时格拉斯哥的一位记者威廉·帕克，出版了一本关于此案的书。

这本《奥斯卡·斯莱特案件真相》，对整个案件进行了复盘。帕克得出了和柯南·道尔当年一样的结论，吉尔克里斯特小姐可能认识凶手，而且邀请他进入自己家。帕克推测，吉尔克里斯特小姐因为她拥有的一份文件，和那个来找他的人发生了争执。在争执过程中，她被推倒，而且撞到了头。那个袭击她的人当时被迫去做一个决定，是让玛丽安·吉尔克里斯特小姐从伤势中恢复过来指证他伤人，还是一不做二不休，将她杀害？他选择了后者。为了避免陷入诽谤的法律诉讼，帕克在书中隐去了这个人的名字，尽管他相信凶手就是受害者的侄子。

这本书在社会上引起了巨大反响。报纸上都是关于此案的信息。目击证人纷纷出来声明，是警察教唆他们指认那天在公寓大楼周围看到的人就是斯莱特。

1927年11月8日，苏格兰事务大臣发表了如下声明："奥斯卡·斯莱特已经为这件案子服完18年半的刑期，我认为只要能够进行适当的安排，批准将他释放是合理的。"几天以后，奥斯卡·斯莱特终于获得自由。

然而正如柯南·道尔所言，这起案子并没有获得了一个皆大欢喜的结局。斯莱特是被释放的，而不是被宣布无罪。由于是这种结果，这起案子不得不重启和重走程序。根据这一点，斯莱特可以申请让政府为多年非法监禁提供补偿。柯南·道尔和其他人为斯莱特捐款，解决法律费用问题。

最后，斯莱特洗脱了所有对他的指控，获得了6000英镑的政府赔款。柯南·道尔认为，斯莱特将会偿还他的支持者们所提供的法律费用。毕竟，柯南·道尔已经为此案做了这么多。然而，斯莱特对此事有不同看法。他认为他必须支付所有诉讼费用是荒谬的，所以他不会去支付这些费用。

柯南·道尔并不缺他资助给斯莱特支付法律费用的1000英镑。困扰他的是，斯莱特看上去对他给予的帮助忘恩负义。荣誉对于柯南·道尔来说非常重要，他认为斯莱特的这种行为是不光彩的。柯南·道尔在给斯莱特的信中，愤然写道："你似乎没心没肺。如果你真能对你的行为负责的话，那你是我所认识的最忘恩负义的头号蠢货！"

如果柯南·道尔在1948年还活着的话，他很可能不会同意报纸上刊登的，关于奥斯卡·斯莱特死讯的公告：奥斯卡·斯莱特，终年78岁。他是一个被撤销谋杀罪名的人，A．柯南·道尔的朋友。

夏洛克·福尔摩斯，约翰·华生，阿瑟·柯南·道尔爵士生平及其时代大事一览表

年份	夏洛克·福尔摩斯生平	约翰·华生生平	阿瑟·柯南·道尔生平	英国大事记	欧洲大陆大事记	世界大事记
1844	西格尔·福尔摩斯和维奥莱·谢林福德结婚。			理查德·多伊利·卡特（19世纪后半期英国著名戏剧表演家和作曲家）出生。	莎拉·伯恩哈特（19世纪后半期和20世纪初，法国和欧洲最著名的女演员）出生。瑞典和挪威国王查理十四逝世。奥斯卡一世继位；弗雷德里希·尼采出生。	
1845	谢林福德·福尔摩斯出生。			爱尔兰土豆饥荒。英国和锡克人的战争爆发。	恩格斯发表《英国工人阶级状况》。	埃德加·爱伦·坡发表叙事诗《乌鸦》。得克萨斯和佛罗里达加入美利坚合众国。
1846	詹姆斯·莫里亚蒂出生。			《谷物法》被废除。海王星被发现。	奥地利和俄罗斯陆军进入克拉科夫（波兰南部城市）。克拉科夫成为奥地利的附庸。	美英《俄勒冈条约》的签署使美国西北边界线到达北纬49度线。摩门教徒开始迁往犹他州。
1847	迈克罗夫特·福尔摩斯出生。			《10小时工作制法案》通过。	瑞士发生内战。	发明家托马斯·阿尔瓦·爱迪生出生。

年份	夏洛克·福尔摩斯生平	约翰·华生生平	阿瑟·柯南·道尔生平	英国大事记	欧洲大陆大事记	世界大事记
1848				W．G．格雷斯（英国著名业余板球运动员）出生。	法国爆发1848年革命，成立第二共和国。法国印象派画家保罗·高更出生。	马克思和恩格斯发表《共产党宣言》。
1851				水晶宫展览馆对外开放。	法国物理学家莱昂·傅科发明证明地球自转的傅科摆。	首次澳大利亚淘金热潮。《纽约时报》首次出版发行。
1852		约翰·海米士·华生出生。		首届德比—迪士累利内阁组建。	路易·波拿巴自称为拿破仑三世皇帝，法兰西第二帝国开始。	犹他州实行一夫多妻制。
1853				莉莉·兰特里（19世纪后期英国著名舞台剧演员，后移居美国）和塞西尔·罗兹（英裔南非巨商，矿业大亨和政治家，世界钻石业巨头戴比尔斯公司创始人，殖民扩张主义者。）出生。	埃杜瓦德·德·雷斯克（出生于波兰华沙的男低音歌唱家和歌剧演员，维多利亚时代后期，欧美最著名的歌剧演员之一）出生。	印度建立了电报系统。美国海军准将马修·佩里用炮舰威逼，迫使日本打开国门。

年份	夏洛克·福尔摩斯生平	约翰·华生生平	阿瑟·柯南·道尔生平	英国大事记	欧洲大陆大事记	世界大事记
1854	夏洛克·斯科特·福尔摩斯出生。	华生举家迁往澳大利亚（大致在这一年）。		克里米亚战争爆发。奥斯卡·王尔德出生。	奥地利皇帝弗朗西斯·约瑟夫一世与巴伐利亚公主伊丽莎白结婚。	《堪萨斯-内布拉斯加法案》颁布。萨克拉门托成为加利福尼亚州首府。
1855	福尔摩斯家渡海迁往波尔多。			巴麦尊勋爵成为首相。《每日电讯报》首次发刊。	巴黎举办世博会。俄国沙皇尼古拉一世逝世。	
1856				结束克里米亚战争的《巴黎和约》缔结。	乔治·萧伯纳出生。	西格蒙德·弗洛伊德出生。
1857				约瑟夫·康拉德出生	福楼拜名著《包法利夫人》出版。	印度反英民族大起义爆发。大西洋海底电缆开始铺设。
1858	福尔摩斯一家去蒙彼利埃旅行。			第二届德比-迪士累利内阁上台。		印度莫卧儿帝国末代皇帝被流放，名存实亡的帝国正式终结。
1859			5月22日，查尔斯·道尔和玛丽·道尔夫妇的第二个孩子阿瑟·柯南·道尔出生	巴麦尊第二次出任首相。达尔文的《物种起源》一书出版。	瑞典国王奥斯卡一世逝世，查理十五继位。德皇威廉二世出生。	查尔斯·布隆丁走钢丝越过尼亚加拉大瀑布。

年份	夏洛克·福尔摩斯生平	约翰·华生生平	阿瑟·柯南·道尔生平	英国大事记	欧洲大陆大事记	世界大事记
1860	福尔摩斯一家返回英国。维奥莱的父亲病逝。福尔摩斯一家乘船前往鹿特丹，后到达科隆定居。			J．M．巴里出生。维克利·柯林斯出版小说《白衣女子》。	勒努瓦制造了第一台使用内燃机。	亚伯拉罕·林肯当选美国总统。
1861	福尔摩斯家开始欧洲大陆之旅。	玛丽·摩斯坦出生。		比顿夫人的《家务管理》一书出版。	俄国解放农奴。	美国南北战争爆发。老亨利·福特出生。
1862				阿尔伯特纪念馆设计完成。	莎拉·伯恩哈特首次在巴黎演出舞台剧。俾斯麦就任普鲁士首相。	美国作家亨利·戴维·梭罗逝世。
1863				伦敦地铁公司成立。		阿富汗内战爆发。南北战争时期著名的葛底斯堡战役进行。

年份	夏洛克·福尔摩斯生平	约翰·华生生平	阿瑟·柯南·道尔生平	英国大事记	欧洲大陆大事记	世界大事记
1864	福尔摩斯家回到英国，在肯宁顿租住别墅。夏洛克和迈克罗夫特一同被送入一所寄宿学校，谢林福德被送往牛津大学。				普鲁士与奥匈帝国联手击败丹麦，普鲁士的扩张从此开始。 俄国沙皇亚历山大二世正式签署解放农奴法令。	
1865	身患重病。	回到英国，进入汉普郡（今属贝克郡）的威灵顿学院。		英王乔治五世，鲁德亚德·吉卜林出生。		美国南北战争结束，林肯总统遇刺身亡。 奥伦治自由邦的布尔人和贝索托黑人之间爆发战争。
1866	被送往约克郡，在迈克罗夫特学校附近的一座文法学校里走读。			赫伯特·乔治·威尔斯出生。第三次德比-迪士累利内阁上台。	普奥战争。 阿尔弗雷德·诺贝尔发明炸药。	
1867				男性工人普遍获得普选权。	卡尔·马克思出版《资本论》第一卷。	根据英国的《北美法案》，加拿大正式诞生。美国种族主义组织三K党成立。

年份	夏洛克·福尔摩斯生平	约翰·华生生平	阿瑟·柯南·道尔生平	英国大事记	欧洲大陆大事记	世界大事记
1868	和父母一起乘船去圣马洛，到波城旅行；参加击剑沙龙。		被送入斯托尼赫斯特耶稣会公立学校在兰开夏郡的预备校霍德学校。	自由党人格莱斯顿就任首相。维克利·柯林斯的《月石》出版。内维尔·张伯伦出生。《惠特克年鉴》首次出现。		美国总统安德鲁·约翰逊的弹劾案在国会未获通过。印度圣雄甘地出生。日本明治维新。
1869					瓦格纳的歌剧《莱茵的黄金》首演。	苏伊士运河竣工。
1870			进入斯托尼赫斯特学校，以后在这所学校就读5年，在学校参与各种体育运动，显示出文学才华。	查尔斯·狄更斯逝世。爱尔兰土地改革。	普法战争。意大利军队取得罗马城。	美国著名的“华尔街政治家”伯纳德·巴鲁克出生。
1871	福尔摩斯一家回到英国。			剧作家威廉·吉尔伯特和作曲家阿瑟·沙利文成为搭档。达尔文的《人类起源说》发表。英国开始实行“银行假日”制度（颁布法定假日）。	法国巴黎公社运动。德意志帝国在凡尔赛宣告成立。	美国通过《三K党法案》，取缔其非法活动。

年份	夏洛克·福尔摩斯生平	约翰·华生生平	阿瑟·柯南·道尔生平	英国大事记	欧洲大陆大事记	世界大事记
1872	一度受教于莫里亚蒂教授。进入牛津的基督教堂。	在伦敦大学就读，供职圣巴托洛缪医院外科。		迪士累利发表“水晶宫演讲”。	西班牙爆发内战。	尽管丑闻缠身，但尤里西斯·格兰特仍再度当选总统。美国颁布《大赦法案》，赦免前南部邦联大部分官员。
1873				打字机开始大规模生产。	匈牙利的布达和佩斯两座城市合并。	E．雷明顿父子公司的兵器作坊开始生产打字机。
1874	侦办“‘格洛里亚斯科特’号三桅帆船”一案。进入剑桥大学基思学院就读。	走访伦敦，和叔父理查德·道尔一起逗留，观看亨利·埃尔文出演的《哈姆雷特》。	保守党人迪士累利成为首相。温斯顿·丘吉尔出生。	著名美籍匈牙利裔魔术师哈利·胡迪尼（埃里希·怀兹）和意大利物理学家兼工程师马可尼出生。		赫伯特·胡佛出生。
1875			以优异成绩通过入学考试，当年在奥地利的弗雷德里希耶稣会学校度过。	迪士累利取得苏伊士运河。伦敦的主要排水系统建立完毕。吉尔伯特和沙利文合作的第一出歌剧顺利完成演出。	德国著名医生和学者阿尔伯特·史怀哲出生。	波斯尼亚和黑塞哥维那爆发反对土耳其统治的起义。

年份	夏洛克·福尔摩斯生平	约翰·华生生平	阿瑟·柯南·道尔生平	英国大事记	欧洲大陆大事记	世界大事记
1876			决定成为医生，进入爱丁堡大学就读。结识约瑟夫·贝尔医生和卢瑟福教授。	迪士累利成为比肯斯菲尔德伯爵。	瓦格纳的歌剧《尼伯龙根的指环》首次完整演出。	亚历山大·格雷厄姆·贝尔发明电话。塞尔维亚和门第内哥罗对土耳其宣战。
1877	在圣蒙塔古广场租了房子，度过“无所作为的几个月”。			维多利亚女王加冕为印度女皇。	《莫扎特全集》的出版工作开始。天文学家夏帕雷利观察到“火星运河”。	摩门教首领杨百翰去世。托马斯·爱迪生取得留声机专利权。艾伦·平克顿的《爱尔兰黑帮和侦探》出版。
1878		取得医学博士学位，在奈特利进修军医课程。乘船去诺森伯兰第五燧发枪团在印度的驻地。	度过了一段学医生涯。	第二次阿富汗战争爆发。C.I.D新苏格兰场设立。吉尔伯特和沙利文第四次合作的剧目《皮纳福号军舰》首演。	柏林会议召开。德奥缔结同盟。	美国文学家卡尔·桑德伯格出生。

年份	夏洛克·福尔摩斯生平	约翰·华生生平	阿瑟·柯南·道尔生平	英国大事记	欧洲大陆大事记	世界大事记
1879	侦办“马斯格雷夫礼典”一案。出现在伦敦的《哈姆雷特》戏剧舞台上。随萨沙诺夫·莎士比亚有限公司一同乘船去美国。	叔父查尔斯·道尔住进疗养院。早期的短篇小说匿名发表。	祖鲁战争爆发。	阿尔伯特·爱因斯坦出生。	摄影家爱德华·斯泰肯出生。	托马斯·爱迪生取得白炽灯的专利权。
1880	从美国返回英国。	在迈旺德战役中负伤，安全逃回英军阵地。在白沙瓦感染伤寒。乘坐“奥伦特斯”号运兵船返回伦敦。在河滨街的私人旅馆居住。	在北极捕鲸船上充当随船外科医生，经历7个月的航行。对唯心主义哲学和超自然现象开始发生兴趣。	格雷斯顿再度成为首相组阁。英国物理学家约瑟夫·斯万和爱迪生分别首次使用电力照明。		小道格拉斯·麦克阿瑟出生。

年份	夏洛克·福尔摩斯生平	约翰·华生生平	阿瑟·柯南·道尔生平	英国大事记	欧洲大陆大事记	世界大事记
1881	结识约翰·华生，一同搬进贝克街221号B。侦办“血字的研究”一案。	结识夏洛克·福尔摩斯，一同搬进贝克街221号B。	取得医学学士学位，在西非的一艘蒸汽轮船上充当船医。几乎因为热病发高烧而死。	本杰明·迪士累利和苏格兰文学家托马斯·卡莱尔逝世。《爱尔兰土地法》颁布。英国陆海军废除鞭刑。	画家巴勃罗·毕加索出生。	俄国沙皇亚历山大二世，美国总统詹姆斯·加菲尔德在同一年先后遇刺身亡。
1882			放弃天主教信仰。加入医学院同窗乔治·巴德在普利茅斯的诊所。开始关注巴德的理论，后来在朴茨茅斯的南海区开设了自己的诊所。	查尔斯·达尔文逝世。	德、奥、意缔结三国同盟。	富兰克林·德拉诺·罗斯福出生。

年份	夏洛克·福尔摩斯生平	约翰·华生生平	阿瑟·柯南·道尔生平	英国大事记	欧洲大陆大事记	世界大事记
1883	侦办“斑点带子”一案。		发表第一篇短篇小说。	经济学家约翰·梅纳德·凯恩斯出生。	马克思和瓦格纳先后逝世。	法国加速对印度支那半岛的殖民渗透，年底中法战争爆发。马克·吐温第一次用打字机写成一本书。
1884		去美国旅行，在旧金山向康斯坦丝·亚当斯求婚。	开始创作第一部长篇小说。	第一条地铁建成。查尔斯·乔治·戈登将军到达喀土穆。	德国占领西南非洲。	哈里·杜鲁门出生。
1885			和露易丝·霍金斯结婚。	保守党人索尔兹伯里勋爵成为首相。戈登将军在喀土穆战死。	德国吞并非洲的坦噶尼喀和桑给巴尔。	印度国民大会党组建。中法战争结束。
1886	侦办“绿玉皇冠”一案。	回到英国，和康斯坦丝·亚当斯结婚，在肯辛顿购置了诊所。				
1887	侦办“住院的病人”和“赖盖特之谜”两起案件。	出版《血字的研究》。第一任妻子当年12月去世。	出版《血字的研究》。	维多利亚女王治世50周年庆典。英国二战名将伯纳德·蒙哥马利出生。	画家马克·夏加尔出生。瑞典女高音歌唱家珍妮·林德逝世。	美国教士和社会改革家亨利·沃德·比切尔逝世。艺术家乔琪亚·奥吉夫出生。

年份	夏洛克·福尔摩斯生平	约翰·华生生平	阿瑟·柯南·道尔生平	英国大事记	欧洲大陆大事记	世界大事记
1888	侦办“恐怖谷”、“单身贵族”、“黄面人”、“希腊翻译”，“四签名”、“银色马”和“硬纸盒子”共七起案件。	兄长亨利逝世。与玛丽·摩斯坦相遇并成婚，在帕丁顿购置诊所。		“开膛手杰克”系列凶杀案开始。T. E.劳伦斯出生。	德皇威廉二世即位。赫兹发现电磁波。	美国著名运动员吉姆·索普出生。
1889	侦办“波西米亚丑闻”、“歪唇男人”、“身份案”、“蓝宝石案”、“五个桔核”、“博斯科姆比溪谷秘案”、“证券经纪人的书记员”、“海军协定”、“工程师大拇指案”、“驼背人”和“巴斯克维尔的猎犬”共十一起案件。	出版《四签名》。	女儿玛丽·露易丝出生。出版《四签名》和历史小说《米卡·克拉克》。	塞西尔·罗兹的不列颠南非公司获得皇家特许权。巴纳姆和贝利马戏团在伦敦出现。	阿道夫·希特勒出生。巴黎世博会举行，埃菲尔铁塔对外开放。 法俄两国商议结盟。	斯特罗杰直拨电话获得专利。

年份	夏洛克·福尔摩斯生平	约翰·华生生平	阿瑟·柯南·道尔生平	英国大事记	欧洲大陆大事记	世界大事记
1890	侦办“红发会”、“铜山毛榉案”、“临终的侦探”三起案件。		发表历史小说《白色军团》。	奥斯卡·王尔德发表小说《道林·格雷的画像》。	文森特·梵高自杀。	德怀特·艾森豪威尔出生。犹他州立法禁止一夫多妻制。全球流感大爆发。
1891	《最后一案》中与莫里亚蒂正面对决。诈死之后，化名“西格森”四处游历。	出售帕丁顿的诊所，回到肯辛顿。相继在《河滨》杂志发表《波西米亚丑闻》、《红发会》、《身份案》、《博斯科姆溪谷秘案》、《五个桔核》、《歪唇男人》。玛丽·摩斯坦去世（也可能是在1892年初）。	放弃了南海的诊所，写作中篇小说《莱弗斯·霍的作为》。回到伦敦，在德文郡广场开办诊所。很快决定放弃医生执业。第一部《福尔摩斯冒险史》短篇小说集在《河滨》杂志发表。	托马斯·哈代的代表作之一《德伯家的苔丝》发表。	德奥意三国同盟延续。	拉链发明。俄国出现大面积饥荒。日本大地震造成上万人死亡。

年份	夏洛克·福尔摩斯生平	约翰·华生生平	阿瑟·柯南·道尔生平	英国大事记	欧洲大陆大事记	世界大事记
1892	继续旅行，先后去过中国西藏、波斯、伊斯兰教圣地麦加和苏丹首都喀土穆。	在《河滨》杂志发表《蓝宝石案》、《斑点带子》、《工程师大拇指案》、《单身贵族》、《绿玉皇冠案》、《铜山毛榉案》和《银色马》。	学会滑雪。儿子金斯利诞生。	格雷斯顿再度成为首相。桂冠诗人阿尔弗雷德·丁尼生勋爵逝世。吉卜林写成诗作《白人的负担》。	德国工程师鲁道夫·狄塞尔发明柴油机。电气工程学家，西门子公司创始人维尔纳·冯·西门子逝世。	法、俄两国签署军事协定。
1893	在蒙彼利埃定居，研究煤焦油衍生品。	在《河滨》杂志发表《硬纸盒子》、《黄面人》、《证券经纪人的书记员》、《“格洛里亚斯科特”号三桅帆船》、《马斯格雷夫礼典》、《赖盖特之谜》、《驼背人》、《住院的病人》、《希腊翻译》、《海军协定》和《最后一案》。	查尔斯·道尔去世。露易丝患结核病。《福尔摩斯历险记》和《回忆录》的后续部分先后在《河滨》杂志发表。	在舞台音乐剧《钟下》中，查尔斯·H. E. 布鲁克菲尔德成为第一个饰演福尔摩斯这一角色的演员。	法俄同盟正式缔结。	芝加哥世博会召开。

年份	夏洛克·福尔摩斯生平	约翰·华生生平	阿瑟·柯南·道尔生平	英国大事记	欧洲大陆大事记	世界大事记
1894	回到伦敦。侦办“空屋”、“第二块血迹”、“金边夹鼻眼镜”和“诺伍德的建筑师”共四起案件。	出售诊所，回到贝克街221号B。		格雷斯顿在任上病逝。罗斯贝利勋爵成为首相。	法国发生德雷福斯案件。	第一座钢铁结构的摩天大楼在芝加哥建成。中日甲午战争爆发。
1895	侦办“藤庄”、“三个大学生”、“孤身骑车人”、“黑彼得”和“布鲁斯—帕廷顿计划”几起案件。		在萨利郡的汉德海德村购买土地准备安家；去埃及旅行。发表《斯塔克·门罗的信件》。	索尔兹伯里重新就任首相。兰多夫·丘吉尔勋爵逝世。威尔斯发表作品《时间机器》。	卢米埃尔兄弟在巴黎举行公开电影展。爱尔兰自治运动领袖帕内尔逝世。	伦琴发现X射线。吉列发明安全剃须刀。美国棒球名将贝普·鲁斯，拳王杰克·邓普西出生。
1896	侦办“带面纱的房客”、“吸血鬼”和“失踪的中卫”三起案件。		沿尼罗河旅行。发表《杰拉德准将》和《罗德尼·斯通》两篇作品。	沙皇尼古拉二世访问伦敦。	德雷福斯一案出现新证据。诺贝尔逝世，诺贝尔奖设立。	第一届现代奥运会在雅典举行。饼干、千斤顶和邮票发明。

年份	夏洛克·福尔摩斯生平	约翰·华生生平	阿瑟·柯南·道尔生平	英国大事记	欧洲大陆大事记	世界大事记
1897	侦办“格兰其庄园”和“魔鬼之足”两起案件。		与珍·莱基相识，堕入情网。发表《博纳克叔叔》。	维多利亚女王治世60周年。布莱姆·斯托克的吸血鬼题材小说《德古拉》出版。	首届世界犹太复国主义者大会召开。	加拿大克朗代克淘金热开始。
1898	侦办“跳舞的人”一案。			《爱丽丝漫游仙境》的作者刘易斯·卡罗尔逝世。威尔斯出版小说《世界大战》。基奇纳勋爵在恩图曼击败苏丹起义军。	德国海军和英国进行军备竞赛。奥托·冯·俾斯麦逝世。	美西战争爆发。英法为争夺东非殖民地，引发法绍达危机。
1899	侦办“退休的颜料商”和“米尔沃顿”两起案件。		志愿参加陆军被拒绝。发表《二重唱》。	第二次布尔战争爆发。温斯顿·丘吉尔以战地记者身份前往南非。德皇威廉二世访问英国。	第一盘录音磁带问世。	威廉·吉列在纽约制作和出演舞台剧《夏洛克·福尔摩斯在锡拉丘兹》。

年份	夏洛克·福尔摩斯生平	约翰·华生生平	阿瑟·柯南·道尔生平	英国大事记	欧洲大陆大事记	世界大事记
1900	侦办“六个拿破仑半身像”。		在南非参加医疗队。写成《伟大的布尔战争》和《南非的战争：起因和经过》两本宣传小册子。在爱丁堡竞选下院议员失败。	阿瑟·沙利文和奥斯卡·王尔德先后逝世。	巴黎地铁开通。腓特烈·尼采逝世。弗洛伊德发表《梦的解析》。	八国联军发动侵华战争。首届戴维斯杯网球团体赛举行。首部福尔摩斯电影，默片《夏洛克·福尔摩斯的困境》问世。
1901	侦办“修道院公学”、“弗朗西斯·卡法克斯女士的失踪”和“雷神桥之谜”三起案件。	《巴斯克维尔的猎犬》在《河滨》杂志发表。	发表《巴斯克维尔的猎犬》。	维多利亚女王逝世，爱德华七世继位。第一艘英国潜艇出航。拳击成为合法运动。	英德两国就结盟问题进行磋商，但无果而终。	美国总统威廉·麦金莱遇刺身亡，副总统西奥多·罗斯福继任为总统。澳大利亚成为英联邦成员国。沃尔特·迪斯尼出生。
1902	侦办“肖斯科姆别墅”、“三个同姓人”、“三角墙山庄”、“显贵的主顾”和“红圈会”五起案件。	搬进安妮女王街的新居。三度结婚，重操医生旧业。	受封为爵士。	索尔兹伯里勋爵在首相任上退休；阿瑟·贝尔福接任首相。英国与布尔人签署和平条约。	三国同盟继续延期六年。	英日两国缔结同盟。意大利著名男高音歌唱家恩里科·卡鲁索首次录音。服装业巨头里维斯公司创始人里维·施特劳斯病逝。

年份	夏洛克·福尔摩斯生平	约翰·华生生平	阿瑟·柯南·道尔生平	英国大事记	欧洲大陆大事记	世界大事记
1903	侦办“皮肤变白的军人”、“王冠宝石”和“爬行人”三起案件。福尔摩斯退休。	发表《空屋》、《诺伍德的建筑师》、《跳舞的人》和《孤身骑车人》。	《福尔摩斯归来记》的第一批短篇故事在《河滨》杂志发表。《杰拉德历险记》发表。	伦敦出现第一辆出租汽车。	首届环法自行车大赛。	老亨利·福特创建福特汽车公司。
1904		发表《修道院公学》、《黑彼得》、《米尔沃顿》、《六座拿破仑半身像》、《三个大学生》、《金边夹鼻眼镜》、《失踪的中卫》和《格兰其庄园》。		伦敦交响乐团举行首次公演。	英法两国订立协约。关于白人奴隶贸易的巴黎会议召开。	日俄战争爆发。美国开始进行巴拿马运河工程。

年份	夏洛克·福尔摩斯生平	约翰·华生生平	阿瑟·柯南·道尔生平	英国大事记	欧洲大陆大事记	世界大事记
1905		《第二块血迹》发表。		亨利·坎贝尔-班纳曼爵士出任首相。著名演员亨利·埃尔文逝世。	德皇的访问引发丹吉尔危机。	爱因斯坦发表《相对论》。
1906			再度竞选下院议员失利。参与乔治爱德杰一案。开始参与《离婚法案》改革运动。露易丝·道尔去世。小说《奈杰尔爵士》发表。	社会保障和议会改革开始。	弗朗哥（并非后来的西班牙独裁者）成为西班牙首相。	妇女上夜班的国际禁令提出。
1907	侦办“狮鬃毛”一案。		和珍·莱基结婚。《穿过魔法门》发表。乔治·爱德杰被释放。	巴登-鲍威尔创建童子军。	英、法、俄缔结三国协约。首届立体艺术展在巴黎举行。瑞典国王奥斯卡二世逝世。	美国对移民采取法律限制。

年份	夏洛克·福尔摩斯生平	约翰·华生生平	阿瑟·柯南·道尔生平	英国大事记	欧洲大陆大事记	世界大事记
1908		发表《藤庄》和《布鲁斯—帕廷顿计划》。		自由党人赫伯特·H．阿斯奎斯出任英国首相。《河滨》杂志发表丘吉尔的《我的非洲游记》。	波斯尼亚危机。	杰克·约翰逊成为首位黑人世界重量级拳王。
1909		写作《刚果的罪恶》。儿子丹尼斯出生。		女童军组织成立。	首次飞机跨英吉利海峡飞行。	美国探险家罗伯特·皮里成为世界上第一个登上北极点的人。
1910		发表《魔鬼之足》。	奥斯卡·斯莱特案件发生。儿子阿德里安出生。戏剧版《斑点带子》在伦敦首演。	英王爱德华七世逝世，乔治五世继位。	葡萄牙革命爆发。	马克·吐温，弗洛伦斯·南丁格尔逝世。南非联邦成立。
1911		发表《红圈会》和《失踪的弗朗西斯·卡法克斯女士》。		威廉·吉尔伯特爵士逝世。	航空邮政服务出现。	中国辛亥革命爆发。

年份	夏洛克·福尔摩斯生平	约翰·华生生平	阿瑟·柯南·道尔生平	英国大事记	欧洲大陆大事记	世界大事记
1912	前往美国调查爱尔兰秘密会社的渗透情况，在芝加哥旅行。		发表《奥斯卡·斯莱特案件》和《失落的世界》。女儿莱娜·珍出生。	英国皇家飞行军团成立。	巴尔干危机。	泰坦尼克号沉没。
1913		发表《临终的侦探》。	发表《污染地带》。	妇女获得参政权利。	巴尔干战争结束。	现代文胸发明。
1914	回到英国。侦办“最后的致意”一案。	协助福尔摩斯办理最后的案件。	参与组建地方志愿武装力量。写作《武装起来！》一文。	北爱尔兰危机。	费迪南大公在萨拉热窝遇刺。	第一次世界大战爆发。
1915		发表《恐怖谷》。	开始写作6卷本《英军在法国和弗兰德斯战役史》。发表《恐怖谷》。	赫伯特·阿斯奎斯留任联合政府首相。	战争中首次使用毒气。	福特汽车销量超过一百万。加里波利战役开始。

年份	夏洛克·福尔摩斯生平	约翰·华生生平	阿瑟·柯南·道尔生平	英国大事记	欧洲大陆大事记	世界大事记
1916			访问前线。宣布转信唯心主义。	日德兰大海战。爱尔兰危机加剧。大卫·劳合·乔治出任联合政府首相。	凡尔登和索姆河连续两场大血战。	俄国沙皇尼古拉夫妇的宠臣拉斯普京被反对派皇族集团暗杀。
1917		发表《最后的致意》。	发表《最后的致意》。		交际花玛塔·哈里被法国人以间谍罪名处决。美国加入协约国阵营，参加世界大战。坦克在战争中被首次大规模使用。 俄国先后爆发“二月革命”和“十月革命”。	约翰·肯尼迪出生。美国西部开发时期的传奇人物“水牛比尔”科迪逝世。
1918			儿子金斯利因战斗负伤，不治身亡。发表《新启示》。	超过三十岁的妇女取得投票权。	一战结束。德皇威廉二世退位。	克努特·罗克尼成为圣母大学橄榄球队主教练。
1919			兄弟伊涅斯去世。出版《重要信息》。	通过《1919年内印度政府法案》。	德国成立魏玛共和国。法国画家皮埃尔·奥古斯·雷诺阿逝世。	《凡尔赛和约》签署。安德鲁·卡耐基去世。

年份	夏洛克·福尔摩斯生平	约翰·华生生平	阿瑟·柯南·道尔生平	英国大事记	欧洲大陆大事记	世界大事记
1920			去澳大利亚旅行，促进灵感。	阿加莎·克里斯蒂的首部侦探小说发表。	法国总理克里孟梭辞职，米勒兰继任。	美国承认妇女的选举权。
1921		发表《王冠宝石》。	母亲去世。发表《灵魂游记》。	爱尔兰成立自治领。BBC创建。	爱因斯坦获得诺贝尔奖。	首届印度议会召开。
1922		发表《雷神桥之谜》。	在美国进行巡回演讲。宣布相信精灵存在。发表《精灵的由来》。	劳合·乔治辞职。博纳·劳成为第一位在海外出生的首相。	墨索里尼成为意大利首相。	华盛顿裁军会议召开。
1923		发表《爬行人》。	回到美国和加拿大。发表《我们的美国探险记》。	斯坦利·鲍德温成为首相。	希特勒发动的“啤酒馆政变”失败。	芬兰著名田径运动员帕沃·鲁米1英里赛跑跑入4分大关。
1924		发表《吸血鬼》和《三个同姓人》。	发表《我们的第二次美国探险记》和《回忆与冒险》。	J. 拉姆塞·麦克唐纳成为首相，组成第一届工党政府。	希特勒被监禁。	里奥波德和勒布绑架和谋杀博比·弗兰克斯一案宣判。J. 埃德加·胡佛成为联邦调查局局长。

年份	夏洛克·福尔摩斯生平	约翰·华生生平	阿瑟·柯南·道尔生平	英国大事记	欧洲大陆大事记	世界大事记
1925		发表《显贵的主顾》。	在巴黎主持国际唯心论大会。	奥斯滕·张伯伦获得诺贝尔和平奖。	希特勒改组纳粹党，出版《我的奋斗》第一卷。	哈罗德·范德比尔特发明桥牌。
1926	发表《皮肤变白的军人》和《狮鬃毛》。	发表《三角墙山庄》和《退休的颜料商》。	发表《唯心主义史》和《朦胧的土地》。	伊丽莎白二世出生。	德国加入国际联盟。	哈里·胡迪尼逝世。
1927		发表《戴面纱的房客》和《肖斯科姆别墅》。	奥斯卡·斯莱特获得自由。发表《菲尼斯的演说》。	澳大利亚议会下院在堪培拉成立。	首次电视播放实现。德国“黑色星期五”，经济崩溃。	爵士乐出现。美国电影学院奖（即奥斯卡奖）首次颁发。贝普·卢斯打出60次本垒打。林德伯格完成从纽约到巴黎的横跨大西洋飞行。
1928			去南非旅行。	阿斯奎斯和女演员爱兰·特里逝世。	65国在巴黎签署宣布战争为非法的《凯洛格-白里安公约》。	亚历山大·弗莱明发现青霉素。

年份	夏洛克·福尔摩斯生平	约翰·华生生平	阿瑟·柯南·道尔生平	英国大事记	欧洲大陆大事记	世界大事记
1929		在无人知晓的情况下去世。	出访斯坎迪纳维亚、荷兰，回国后筋疲力尽，发生心肌梗塞。发表《马拉科特深渊》和《我们非洲的冬季》。	鲍德温再度成为首相。莉莉·兰特里去世。	南斯拉夫建立独裁统治。	欧内斯特·海明威发表《永别了，武器》。纽约“黑色星期五”，世界经济大萧条开始。
1930			发表《未知之谜》。7月7日逝世。	英国、美国、日本和意大利签署《限制海军军备条约》。	最后一支协约国部队撤离萨尔区。	美国播放世界上首个福尔摩斯广播剧，福尔摩斯由威廉·吉列演播。